文豪たちの悪口本

彩図社文芸部

彩図社

はじめに

文豪と呼ばれる大作家たちは、悪口を言うとき、どんな言葉を使ったのだろうか。

そんな疑問からできたのが、本書『文豪たちの悪口本』です。

選んだ悪口は、文豪同士の喧嘩や家族へのあてつけ、世間への愚痴など。随筆、日記、手紙、友人や家族の証言から、文豪たちの人となりがわかるような文章やフレーズを選びました。これらを作家ごとに分類し、計8章にわたって紹介していきます。

言ってはいけないとわかっていても、喧嘩になったときや思わぬ口撃で気分を害したとき、悪口はつい出てしまうもの。反省して相手に謝り和解することもあれば、相手を許せず仲直りのきっかけを逸してしまうこともあります。それは文豪たちも同じでした。

言葉のプロらしく相手を鋭く刺すような悪口を言う文豪もいれば、作家らしい繊細さが表れた、感情的な悪口を言う文豪もいました。新進作家たちと文藝春秋を刊行する菊池寛の対

《はじめに》

立は、その代表でしょう。両者の非難合戦は文壇を騒がせ、新聞や雑誌で連日話題にのぼりました。

また、40年にわたって日記で嫌いな相手の悪口を書き続ける作家もいました。永井荷風です。好き嫌いの激しかった荷風は、特に菊池寛を嫌って日記『断腸亭日乗』でその気持ちをつづっています。

その他にも、本書では川端康成に「刺す」と恨み言を残した太宰治、周囲の人に手当たりしだいからんでいた中原中也、女性をめぐって絶交した谷崎潤一郎と佐藤春夫など、文豪たちの印象的な悪口エピソードを紹介しています。

また、文豪たちが同時代の人々からどう思われていたかを感じてもらうために、大正期に人気を集めた雑誌『スコブル』掲載の文壇ゴシップも一部紹介しています。発行したのは、腐敗や不正を暴き続けたジャーナリスト宮武外骨。やりすぎのようにも見える紙面から、作家たちが置かれていた環境を紹介します。

本書で紹介する悪口が、文豪たちの魅力を感じていただく一助になれば幸いです。

文豪たちの悪口本◉目次

三、無頼派×志賀直哉の章

四、夏目漱石の章

八、谷崎潤一郎×佐藤春夫の章

一、太宰治の章

芥川賞が欲しい太宰

芥川賞は、日本で最も有名な文学賞だ。純文学の新人作家が対象で、阿部公房、中上健次、村上龍など、多くの優れた作家に贈られてきた。しかし、中には今日では高く評価されていながら受賞に至らなかった者もいる。そのひとりが、太宰治だ。

第一回芥川賞において、太宰の短篇「逆行」が候補作として選ばれていた。しかし、選考委員のひとりであった川端康成は「私見によれば、作者目下の生活に厭な雲ありて、才能の素直に発せざる憾《うら》みあった」として別の作品を推薦。当時、太宰は鎮痛剤であるパビナールの中毒になっており、薬を得るために借金を重ねていたことをさした発言だった。

太宰からすれば、芥川賞の賞金500円は、借金返済のためにどうしても欲しかった。受賞が叶わず、私生活まで非難されたと感じた太宰は、川端に対する抗議文を書き上げ、『文芸通信』に投稿。文壇の大家である川端康成に「刺す」とまでぶち上げて、話題になった。

その後、自信とニヒリズムに満ちた作風が次第に評価され、作家としての地位を確立していく太宰。中には愚痴ともとれる作品が残っているが、そこには実生活における体験が多少なりとも反映されているのかもしれない。

14ページから載せたのは、「川端康成へ」をはじめとした、太宰の愚痴とも怒りともとれる作品の一部である。

（上段）太宰治

芥川賞受賞に執着していた太宰は、第一回の受賞を逃したのちも川端や選考委員の佐藤春夫に手紙を送付。次の選考で受賞者になることを望んだが、当時は前回候補になった者は対象外になるという規定があったため、太宰が芥川賞を受賞することはなかった。

（下）川端康成

太宰の抗議文に対し、川端は自身の意見を発表し、太宰の文学性を否定しているわけではないことを伝えた。実際、のちに太宰が発表した「女生徒」のことは、高く評価していた。

川端康成へ

――太宰治の芥川賞への執念

太宰 治

あなたは文藝春秋九月号に私への悪口を書いて居《お》られる。「前略。――なるほど、道化の華《はな》の方が作者の生活や文学観を一杯に盛っているが、私見によれば、作者目下の生活に厭《いや》な雲ありて、才能の素直に発せざる憾《うら》みあった。」

おたがいに下手な嘘はつかないことにしよう。私はあなたの文章を本屋の店頭で読み、たいへん不愉快であった。これでみると、まるであなたひとりで芥川賞をきめたように思われます。これは、あなたの文章ではない。きっと誰かに書かされた文章にちがいない。しかもあなたはそれをあらわに見せつけようと努力さえしている。「道化の華」は、三年前、私、二十四歳の夏に書いたものである。「海」という題であった。友人の今官一《こんかんいち》、伊馬鵜平《うへい》に読んでもらったが、それは、現在のものにくらべて、たいへん素朴な形式で、作中の「僕」という男の独白なぞは全くなかったのである。物語だけをきちんとまとめあげたものであった。そのとしの秋、ジッドのドストエフスキイ論を御近所の赤松月船《げっせん》氏より借りて読んで考

《川端康成へ》

えさせられ、私のその原始的な端正でさえあった「海」という作品をずたずたに切りきざんで、「僕」という男の顔を作中の随所に出没させ、日本にまだない小説だと友人間に威張ってまわった。友人の中村地平、久保隆一郎、それから御近所の井伏さんにも読んでもらって、評判がよい。元気を得て、さらに手を入れ、消し去り書き加え、五回ほど清書し直して、それから大事に押入れの紙袋の中にしまって置いた。今年の正月ごろ友人の檀一雄がそれを読み、これは、君、傑作だ、どこかの雑誌社へ持ち込め、僕は川端康成氏のところへたのみに行ってみる。川端氏なら、きっとこの作品が判るにちがいない、と言った。

そのうちに私は小説に行きづまり、謂《い》わば野ざらしを心に、旅に出た。それが小さい騒ぎになった。

どんなに兄貴からののしられてもいいから、五百円だけ借りたい。そうしてもういちど、やってみよう、私は東京へかえった。友人たちの骨折りのおかげで私は兄貴から、これから二三年のあいだ、月々、五十円のお金をもらえることになった。私はさっそく貸家を捜しまわっているうちに、盲腸炎を起し阿佐ヶ谷の篠原病院に収容された。膿《うみ》が腹膜にこぼれていて、少し手おくれであった。入院は今年の四月四日のことである。中谷孝雄が見舞いに来た。日本浪曼派へはいろう、そのお土産として「道化の華」を発表しよう。そんな話をした。「道化の華」は檀一雄の手許《てもと》にあった。檀一雄はなおも川端氏のところへ持って行ったらいいのだがなぞと主張していた。私は切開した腹部のいたみで、一寸もうごけなかった。そのうちに私は肺をわるくした。意識不明の日がつづいた。医者は責任を持てないと、言っていたと、あとで女房が教えてくれた。まる一月その外科の病院に寝たきりで、頭をもたげることさえようようであった。私は五月に世田谷区経堂の内科の病院に移された。ここに二カ月いた。七月一日、病院の組織がかわり職員も全部交代するとかで、患者もみんな追い出されるような始末であった。私は兄貴と、それから兄貴の知人である北芳四郎という洋服屋と二人で相談してきめてくれた、千葉県船橋の土地へ移された。終日籐椅子《とういす》に寝そべり、朝夕軽い散歩をする。一週間に一度ずつ東京から医者が来る。その生活が二カ月ほどつづいて、八月の末、文藝春秋を本屋の店頭で読んだところが、あなたの文章があった。「作者目下の生活に厭な雲ありて、云々。」事実、私は憤怒に燃えた。幾夜も寝苦しい思いをした。

小鳥を飼い、舞踏《ぶとう》を見るのがそんなに立派な生活なのか。刺す。そうも思った。大悪党だと思った。そのうちに、ふとあなたの私に対するネルリのような、ひねこびた熱い強烈な愛情をずっと奥底に感じた。ちがう。ちがうと首をふったが、その、冷く装うてはいるが、ドストエフスキイふうのはげしく錯乱したあなたの愛情が私のからだをかっかっとほてらせた。そうして、それはあなたにはなんにも気づかぬことだ。

私はいま、あなたと智慧《ちえ》くらべをしようとしているのではありません。私は、あなたのあ

《川端康成へ》

の文章の中に「世間」を感じ、「金銭関係」のせつなさを嗅《か》いだ。私はそれを二三のひたむきな読者に知らせたいだけなのです。それは知らせなければならないことです。私たちは、もうそろそろ、にんじゅうの徳の美しさは疑いはじめているのだ。

菊池寛氏が、「まあ、それでもよかった。無難でよかった。」とにこにこ笑いながらハンケチで額の汗を拭っている光景を思うと、私は他意なく微笑《ほほえ》む。ほんとによかったと思われる。芥川龍之介を少し可哀そうに思ったが、なに、これも「世間」だ。石川氏は立派な生活人だ。その点で彼は深く真正面に努めている。

ただ私は残念なのだ。川端康成の、さりげなさそうに装って、装い切れなかった嘘が、残念でならないのだ。こんな筈ではなかった。たしかに、こんな筈ではなかったのだ。あなたは、作家というものは「間抜け」の中で生きているものだということを、もっとはっきり意識してかからなければいけない。

悶悶日記《もんもんにっき》

——作品のような愚痴のような

太宰 治

月　日。

郵便受箱に、生きている蛇《へび》を投げ入れていった人がある。憤怒。日に二十度、わが家の郵便受箱を覗《のぞ》き込む売れない作家を、嘲《あざけ》っている人の為《な》せる仕業にちがいない。気色あしくなり、終日、臥床。

月　日。

苦悩を売物にするな、と知人よりの書簡あり。

月　日。

工合いわるし。血痰しきり。ふるさとへ告げやれども、信じてくれない様子である。

庭の隅、桃の花が咲いた。

月　日。

百五十万の遺産があったという。いまは、いくらあるか、かいもく、知れず。八年前、除籍された。実兄の情に依《よ》り、きょうまで生きて来た。これから、どうする？　自分で生活費を稼ごうなど、ゆめにも思うたことなし。このままなら、死ぬるよりほかに路《みち》がない。この日、濁ったことをしたので、ざまを見ろ、文章のきたなさ下手くそ。

檀一雄氏来訪。檀氏より四十円を借りる。

月　日。

短篇集「晩年」の校正。この短篇集でお仕舞いになるのではないかしらと、ふと思う。それにきまっている。

月　日。

この一年間、私に就《つ》いての悪口を言わなかった人は、三人？　もっと少ない？　まさか？

月　日。

姉の手紙。

「只今、金二十円送りましたから受け取って下さい。何時《いつ》も御金のさいそくで私もほんとに困って居ります。母にも言うにゆわれないし、私の所からばかりなのですから、ほんとうにこまって居ります。母も金の方は自由でないのです。（中略。）御金は粗末にせずにしんぼうして使わないといけません。今では少しでも雑誌社の方から、もらって居るでしょう。あまり、人をあてにせずに一所けんめいしんぼうしなさい。何でも気をつけてやりなさい。からだに気をつけて、友達にあまり附き合ない様にしたほうが良いでしょう。皆に少しでも安心させる様にしなさい。（後略。）」

月　日。
終日、うつら、うつら。不眠が、はじまった。二夜。今宵、ねむらなければ、三夜。

月　日。
あかつき、医師のもとへ行く細道。きっと田中氏の歌を思い出す。このみちを泣きつつわれの行きしこと、わが忘れなば誰か知るらむ。医師に強要して、モルヒネを用う。
ひるさがり眼がさめて、青葉のひかり、心もとなく、かなしかった。丈夫になろうと思いました。

《悶悶日記》

月　日。

恥かしくて恥かしくてたまらぬことの、そのまんまんなかを、家人は、むぞうさに、言い刺した。飛びあがった。下駄はいて線路！　一瞬間、仁王立ち。七輪《しちりん》蹴った。バケツ蹴飛ばした。四畳半に来て、鉄びん障子《しょうじ》に。障子のガラスが音たてた。ちゃぶ台蹴った。壁に醤油。茶わんと皿。私の身がわりになったのだ。これだけ、こわさなければ、私は生きて居れなかった。後悔なし。

月　日。

五尺七寸の毛むくじゃら。含羞《がんしゅう》のために死す。そんな文句を思い浮べ、ひとりでくすくす笑った。

月　日。

山岸外史氏来訪。四面そ歌だね、と私が言うと、いや、二面そ歌くらいだ、と訂正した。美しく笑っていた。

月　日。

語らざれば、うれい無きに似たり、とか。ぜひとも、聞いてもらいたいことがあります。いや、もういいのです。ただ、――ゆうべ、一円五十銭のことで、三時間も家人と言い争いいたしました。残念でなりません。

月　日。

夜、ひとりで便所へ行けない。うしろに、あたまの小さい、白ゆかたを着た細長い十五六の男の児が立っている。いまの私にとって、うしろを振りむくことは、命がけだ。たしかに、あたまの小さい男がいる。山岸外史氏の言うには、それは、私の五、六代まえの人が、語るにしのびざる残忍を行うたからだ、と。そうかも知れない。

月　日。

小説かきあげた。こんなにうれしいものだったかしら。読みかえしてみたら、いいものだ。二三人の友人へ通知。これで、借銭をみんなかえせる。小説の題、「白猿狂乱。」

無題

――編集者大井広介の原稿依頼

太宰 治

大井広介《おおいこうすけ》というのは、実にわがままな人である。これを書きながら、腹が立って仕様が無い。十九字二十四行、つまり、きっちり四百五十六字の文章を一つ書いてみろというのである。思い上った思いつきだ。僕は大井広介とは、遊んだ事もあまり無いし、今日まで二人の間には、何の恩怨《おんえん》も無かった筈だが、どういうわけか、このような難題を吹きかける。実に、困るのだ。大井君、僕は野暮《やぼ》な男なんだよ。見損っているらしい。きっちり四百五十六字の文章なんて、そんな気のきいた事が出来る男じゃないんだ。「とても書けない」と言って、お断りしたら、「それは困る。こっちの面目丸つぶしです」と言って来た。「丸つぶれ」でなく、「丸つぶし」と言っているのも妙である。これでは僕が、大井広介の面目を踏みつぶした事になる。ものの考えかたが、既に常人とちがっている。実に、不可解な人である。僕は、いったい、なんの因果で、四百五十六字という文章を書かなければいけないのか。原稿用紙を三十枚も破った。稿料六十円を請求する。バカ。いま払えなかったら貸して置く。

太宰治が残した愚痴

——ネガティブな自信家の素顔

いやしいねえ。実にいやしいねえ。
自分が、よっぽど有名人だと思っているんだね

◆

バスに乗ったときに有名作家を見かけて。膝の上で本を読んでいる様子が気に入らず、このような言葉を吐いた。

チェッ、呆れたね。お話にならんよ、お前のばかさかげんは

◆

太宰の一番弟子として知られる堤重久は、三鷹のバーで働く女性と結婚の約束をしていた。それを聞いた太宰は厳しい表情になり、「お前の結婚相手はね、両親の揃った、普通の家の娘でなくてはいけないんだ」と反対している。

だから、おれはね、お前が嫌いなんだ。聖人ぶってさ

◆

風俗関係の店に行こうとする太宰に対し、普通の旅館に泊まりたいと言う堤。そんな堤に、苦言を呈してこう言った。

お前は、きっと、先が長くないにちがいない

◆

肖像画を描くのが得意だった太宰。あるとき似ても似つかない肖像を描いてモデルの男から抗議を受けると、自分でも不思議そうにしながら、このように答えた。

なんだ。君は。こんな贅沢な室で、
おまけにストーブまでついていて、
そのうえ、親切な姉さんまでいて、
それでも、いい小説が書けんのかねぇ

◆

義兄の家の離れを借りて住む友人・中村地平への言葉。「作家としては、地平は、苦労がなさすぎるのかも知れないね」と続けると、「あんたの小説は、その自意識の苦労がおおすぎるのじゃないか」と反論された。

蛞蝓《なめくじ》みたいにてらてらした奴で、とてもつきあえた代物ではない

◆

中原中也をくさして。太宰は中也を尊敬していたが、よくからまれて一緒に飲むのを嫌がっていた。

二、中原中也の章

規格外の詩人・中原中也

「汚れっちまった悲しみに」「サーカス」などの詩で知られる中原中也。哀切ある詩は、今日でも多くの人々の心をつかんでいる。また、その規格外の言動が話題になることもしばしばある。

中也は常識の破壊を掲げる「ダダイズム」に傾倒していた。そのためか実生活も常識の範疇には収まらず、友人に無茶ぶりをして困らせることは当たり前、初対面相手に喧嘩腰でからむこともよくあった。太宰治のように、初対面で中也にからまれて辟易する者もいたようだ。

一方で、型にはまらない自由な言動の中也に惹かれる者も多かった。小林秀雄、檀一雄、大岡昇平、その他大勢の画家や音楽家や研究者と親交を持っている。無頼派と呼ばれる新進作家たちも、中也の印象的なエピソードを伝えている。

中也は小柄な体格で、喧嘩に強い訳ではなかった。実際、友人の檀一雄や坂口安吾に食ってかかることがあったが、腕っぷしの強い二人には、簡単にいなされていたという。また、無茶ぶりに耐えかねて反論されると捨て台詞を吐いたりすることあった。

以下に掲載するのは、そうした友人たちからみた中也の言動、そして日記の中で描かれた世間への不満や、友人、作家、詩人への悪口である。

（左）18 歳ごろの写真

大学予科を受験するため山口から上京してきた中也が、銀座の有賀写真館で撮影した写真。日本大学予科に入学したが中退し、同人雑誌に作品を投稿するなどして、創作活動を開始した。富永太郎、小林秀雄、高橋新吉などとこの頃に知り合い、既成概念に挑戦する芸術運動ダダイズムに傾倒するようになっていく。中也に詩の魅力を教えた富永は日記で中也のことを「ダダさん」と呼んでいる。

（右）29 歳ごろの写真

NHK の面接を受けるため履歴書用に撮影した写真。履歴書の備考欄に「詩生活」としか書かなかったために面接官から苦言を呈されたが、「それ以外の履歴が私にとって何か意味があるのですか」と答えたという。当然、不採用となり、その後は家からの仕送りで生活して、仕事をしようとはしなかった。

からむ中也

――友人たちへの破天荒な言動

何だ、おめえは。青鯖《あおさば》が空に浮かんだような顔をしやがって。

初対面の太宰治に向って、中也が放った言葉。尊敬していた中也にからまれて太宰は萎縮し、ろくに話すことができなかった。

全体、おめぇは何の花が好きだい？
太宰「モ、モ、ノ、ハ、ナ」
チエッ、だからおめぇは。

◆
前ページの発言に続いて、中也は太宰に好きな花を聞いた。太宰は泣き出しそうになりながら、右のように答えたという。

やいヘゲモニー

ヘゲモニーは「権力者」。右の言葉を投げかけて坂口安吾に殴りかかった。安吾曰く、中也の好きな娘が安吾を好いていたため嫉妬したのだという。ただ、大柄な安吾を怖がってか、中也は近づいてこなかった。

関白がいけねえ。関白が

雪の日の夜、太宰の家に上がり込み、二階で眠る太宰に大声でこのようにわめいた。太宰はうんともすんとも言わなかったという。

君は俺に対して
馬鹿丁寧な言葉をつかうなあ、
俺はその丁寧な言葉という奴が
大嫌いなんだ

中也は、詩人の高森文夫と生涯を通じて付き合った。そんな高森と初対面のとき、丁寧に話す高森に対して、にらみつけるようにこう言った。

殺すぞ

大勢で飲んでいたとき、右のように言って中也は中村光夫の頭をビール瓶で殴った。本当に殺すつもりはなかったが、そんな中也を友人青山が「卑怯だぞ」と怒鳴ると、「俺は悲しい」と泣き叫んだ。

おい、諸井、作曲しろよ

作曲家の諸井三郎に膨大な原稿を渡してこう言った。知り合って間もない関係ながら、諸井は「朝の歌」と「臨終」を選び、曲をつけた。中也はこれを気に入っていたという。

よく作家の中に俺が邪魔するせいで
書けないと言う奴があるが、
そんなの芸術家じゃねえよ

作曲中の内海誓一郎のもとへやってきた中也。なかなか帰らないので内海は腹を立て「今日はもうこれで帰れ！」と怒鳴った。すると右の捨て台詞を吐いて腰を上げたという。

中原中也の日記（より）
——日記の中でも罵詈雑言

昭和2（1927）年

4月13日（水曜）

日夏耿之介《ひなつこうのすけ》は馬鹿。あの詩は空腹の沿革の形象だ。

堀口大学、おまえがどうして男と生れて来たやら。おまえが少女と生れなかったからには意久地があったものとみえる。その意久地とは蓋し品性下劣に関する。

4月14日（木曜）

日夏耿之介
（1890〜1971）詩人、英文学者。神秘的な詩風で知られた。

堀口大学
（1892〜1981）詩人、翻訳家。ヴェルレーヌらフランス近代詩の翻訳で功績を残した。

野口米次郎《よねじろう》――この馬鹿奴！

暗誦と女々しさと、情熱のない持久性と。それきり。

但し、おまえの詩集は本屋で立ち読みしたばかりだ。（それだけで評しても決して差支えないと認めたからこんなことを書くことをしたのだ。）

砂の上を蟻がゆくのをみていると狭い庭が広大無辺に思えてくるとか書いてあった。表象抒情詩という銘打ちのうまいこと。

11月29日（火曜）

「例のあれだね――ハハッ」

文学青年のヤクザ者が右の言葉を聞かせてくれました。

この一語、よく彼等を象徴します。この言葉の前後は、なんであっても構わないのです。

野口米次郎

（1875～1947）詩人。米英へ遊学し、英文詩を創作。1921年からは日本語の詩も発表した。

昭和10（1935）年

4月22日（月曜）

僕は学生が嫌いだ。理由は……どう云っていいか分らないが、とにかく彼等は妙なものだ。彼等は既に世の中に出ている人間なら、何時でも嘲弄するに値いすると決めてかかっているような或る一種の感情を有している。彼等には批評か、狎《な》れ合いしかない、その中間はない。尤《もっと》もそれが「若さ」というものであるかも知れぬが、学生の場合ではその若さが十分に学校というもので防衛されているので余りに無遠慮に、且《かつ》乱暴に現われるのである。

4月23日（火曜）

《中略》古谷《ふるや》という、世にも哀れな馬鹿あり。頭が悪いにも悪いなるが、それよりももっとウソつきなるが先のことなり。ウソツクコト甚だしければ持てるだけの頭さえワケは分らぬ働きをするに着眼の事。

古谷　文芸評論家の古谷綱武（1908～1984）のこと。中也が大岡昇平らと創刊した同人雑誌『白痴群』（1930年終刊）に参加していた。

5月2日（木曜）

《中略》今日は非常にお天気がよい。子供が朝から大きい声を出している。朝早く目が覚めて、それから高森の部屋のカーテンを吊っているとアパートの風呂焚き爺さんが「文學界」五月号と手紙と持って「これは青山さんのですけれど、どうぞ」と云って俺に手渡した。どうして今日に限って青山に来た郵便物を僕に渡すのだろう、雑誌を留守なのに放り込むことは出来ないと心得ているのだろうが、それなら従来は事ム所に保管したもんだと思ったりする。

俺は今日は人を憎んでいる。お天気がよいと厭人癖が出て来る。それでいて曇天よりはよっぽど気分はいいのだ。大岡という奴が癪《しゃく》に障《さわ》る。奴は自身に就いて認めている欠点を他人に押付《おしつ》けるのだし、人が目の前にいる限り何等かの形式で誰にでもたえずそうだからやりきれない。

11月21日

《中略》中村光夫《みつお》——これは今大評判の批評家だ。然しみているがい

青山　美術評論家の青山二郎（1901〜1979）のこと。青山が住む四谷花園アパートに中也も暮らしていた。

中村光夫（1911〜1988）評論家。小林秀雄に認められて文壇デビューした。

い。「老獪な秀才」でしかないことがやがて分るから。尤も、老獪にしろ何にしろ、秀才さえもが珍しい当今文壇のことだから、表向きは、中村光夫を褒める方が賢明なことであるということ。

12月14日

フランス語。「ツアラッストラ」を読む。なんと面白くない本だ。やっぱり独乙人《ドイツ》はバカだ。生の無意識を暴くことを面白がっている。創造的どころか。渋っ面的だ。かりに俺がこの本の凡《あら》ゆる頁に同感だとしても猶、俺はこの本を軽蔑するだろう。何故ならば、生がおのずから知っていることを今更解明されたって、俺は何一つ享《う》けたことにはならぬ。そしてここに書かれてあるようなことは、生が無意識に体得している時にだけ美であるので、意識に移した時何事でもない所のことだからだ。こんな本を書いた男が発狂したとなら、結構なことだ。ニイチェは、何物でもない。奢慢〔ママ〕な、強欲漢だ。

ツアラッストラ　ドイツの哲学者ニーチェの著作『ツァラトゥストラはこう語った』のこと。

昭和11（1936）年

7月19日

《中略》雑誌の編集者どもが、ひどく俺を理解したような顔をする。そして、三好達治《みよしたつじ》は無論俺より偉いとして、その上で俺をほめながら、俺によっぽど御利益でも与えたようなつもりになる。

9月17日

《中略》高原正之助――この男はナンセンスだ。愚鈍な才子。伊集院清三を少しキタナクしたような者だ。

三好達治（1900～1964）詩人。1930年に発表した初の詩集『測量船』が人気を集めた。

高原正之助　早稲田大学文学部フランス文学科の学生。

伊集院清三（1901～1976）音楽家。中也と親交のあった音楽集団「スルヤ」創設時のメンバー。

昭和12（1937）年

4月4日（日曜）

《中略》高原、野田、新顔の橘谷という男と共に来訪。

高原偶々馴れた所をやってみせる。こいつ勝手な奴也、「いい子」になることばかり常に探している。

8月28日（土曜）

高原来訪。

ランボオ詩集第四校発送。（責任校了とす。）どんな本になることやら、俺は知らない。「永遠の中耳炎氏」即ち野田誠三がやることだ。俺は知らない。奴は校正刷を送る以外、何を問合せても一度の返事もしない。虫のいい奴！

野田誠三
（1910〜1938）
野田書房の社主。堀辰雄の『美しい村』など、多くの本を限定出版した。

三、無頼派×志賀直哉の章

文壇の大家への反発

「現在の日本の文壇では、最も傑出した作家の一人だと思っている」

菊池寛からそう評され、日本の近代小説を完成させたとして昭和期に文壇の大家として君臨していた志賀直哉。

そんな志賀を目の敵にしていたのが、織田作之助、坂口安吾、太宰治ら無頼派と呼ばれた面々だ。戦後に反俗・反権威・反道徳的言動や作風で脚光を浴びた無頼派は、新しい文学によって既存の文学の壁を乗り越えようとした。その越えるべき壁が、志賀直哉だった。

志賀への反抗心は戦前からすでに現れており、1944年4月に太宰治が発表した『津軽』にも、「それは私が蟹田でつい悪口を言ってしまったあの五十年配の作家の随筆集が、Mさんの机の上にきちんと置かれている事であった。愛読者というものは偉いもので、私があの日、蟹田の観瀾山であれほど口汚くこの作家を罵倒しても、この作家に対するMさんの信頼はいささかも動揺しなかったものと見える」と志賀を批判する内容が見える。

そんな若手作家たちに対し、志賀も負けじと彼らへの不快感を表明。「無頼派対志賀直哉」の様相を呈するようになっていく。そんな中、太宰治、織田作之助、坂口安吾らが集まり、当時の作家・小説に関する対談が行われると、当然のごとく志賀に関する話題から話は始まった。

（上段左）坂口安吾（下段左）太宰治（下段右）織田作之助

戦後の混乱期に新しい文学を創設しようとした無頼派の作家たち。「無頼派」という言葉は、太宰の『パンドラの匣』中のフレーズだとされている。

（上段右）志賀直哉

現代小説を語る（より）

――太宰治×坂口安吾×織田作之助×平野謙による志賀のイメージ

平野　大体現代文学の常識からいうと、志賀直哉の文学というものが現代日本文学のいっとうまっとうな、正統的な文学だとされている。そういう常識からいえばここに集まった三人の作家はそういうオーソドックスなリアリズムからはなにかデフォルメした作家たちばかりだと見られているが……。

太宰　冗談言っちゃいけないよ。

平野　いや冗談じゃない、ほんとの話だよ。太宰さんはすでに少々酔っぱらってるから……。

坂口　平野が言う意味は向うが正統的の文学だとすれば、俺たちがデフォルメだというのだよ。

平野　それはそうだろうと思う。いくらあなたがそうじゃないと頑張ったっても……。

《現代小説を語る（より）》

太宰　俺にはちっとも分っていやしない。デフォルメなんて……。

平野　それじゃ一つ、そのデフォルマシオンに非ざる弁を一席やって下さいよ、太宰さん。

太宰　やるも何も……僕はいつもリアリストだと思っているのですよ。現実をどういう工合に、どの斜面から切ったらいいか、どうすれば現実感が出るか、それに骨身を砕いているわけじゃないか、なにも志賀直哉の、あんなものが正統であってオーソドックスだという……そんなことを僕は感じたくない。寧《むし》ろあの人は邪道だと思っている。文学から……。

平野　しかし、世間の常識からいえば志賀直哉がオーソドックスであなた方はデフォルメ……まあそういう風に見られていると思う。だからそういう作家が偶然寄って……偶然か企画か知らんが……一堂に会して現代文学を語るということになれば、そこにありふれた座談会なんかと面目を異にした面白い座談会ができるだろうと僕は期待するわけなんだ。

太宰　面白いというより、非常に厳粛な座談会ができるね。

坂口　それは平野の言うのは当りまえさ。

太宰　僕は初耳だった。デフォルメなんて言葉は……。

平野　デフォルメが気に入らなきゃ、外道の文学と言ってもいい。とにかく、太宰治の『晩年』は僕も愛読したが、あれは正統なリアリズム文学か――つまり、いわゆるブルジョア文学もプロレタリア文学もみんな崩壊した地盤からはじめて生れた文学だ。

坂口　われわれはつまり横道だということ……ね。みんなそう考えているよ。
太宰　僕は坂口さんの小説など、あまりオーソドックスすぎて、物足りないくらいなんですよ。かえって……。
坂口　確かにそうだな。
太宰　それがデフォルメだなどというのは、ふざけているよ。
平野　ふざけてやしないよ。デフォルメだでいいじゃないの。
太宰　誰が言ったことか、それは。
平野　誰がというより、一般にそう言っている、常識じゃないか。
太宰　そんなら俺はもう芭蕉の閉関論じゃないが、門を閉じて人に会いたくないな。
織田　志賀直哉はオーソドックスだと思ってはいないけど、そういうものにまつり上げてしまったんだ。オーソドックスなものに……文壇進歩党みたいなもので、進歩党の党首には誰もなりたがらないのだよ。けれども誰かまつり上げて来るのだ。で、志賀さんが褒めればどの雑誌だってありがたがって頂戴するのだよ。
太宰　女の人なんて殊にそうだ。
織田　第二の志賀直哉が出ても仕方がないのだよ。

志賀直哉から見た織田作之助

――座談会で織田の印象を聞かれて

織田作之助か、嫌だな僕は。きたならしい

前述の座談会が行われる数カ月前、『朝日評論』を刊行する朝日新聞社による企画で、志賀直哉と谷崎潤一郎の座談会が行われた。1946年の夏のことである。

前ページの発言は、志賀が記者に織田作之助の印象を聞かれたときに答えた発言（「文藝放談」『朝日評論』より）。織田は戦中に「俗臭」「夫婦善哉」などを発表して注目されていたが、志賀の反応は冷ややかだった。

この発言のすぐあとには新聞やジャーナリズムに関する話題に移っており、織田の作品や人柄に関する志賀の具体的な考えは示されていない。だが、この発言を機に織田をはじめとした無頼派は志賀に反発するようになっていく。

志賀の「きたならしい」発言が雑誌に掲載されたのちの1946年11月25日、太宰治、坂口安吾、織田作之助による座談会が開かれ、三人は志賀文学が正統とされることに反発（52ページ）。そして座談会直後に織田は「可能性の文学」を執筆し、志賀への批判を展開した。

「例えば志賀直哉の小説は、小説の要素としての完成を示したかもしれないが、小説の可能性は展開しなかった」と作品論を展開する一方、志賀への恨みもにじませている。次ページに挙げた文中にある「ある大家」「老大家」は、言うまでもなく志賀直哉のことである。

この「可能性の文学」の執筆直後の1946年12月、織田は喀血によって大量の血を吐き、東京病院に入院。翌年1月に死去した。

太宰治や坂口安吾はその死を嘆き、既存の文壇に挑戦するような批評や作品を残すようになっていく。

可能性の文学（より）

――志賀の発言に傷つく織田作之助

織田《おだ》 作之助《さくのすけ》

私はことさらに奇矯《ききょう》な言を弄《ろう》しているのでもなければ、また、先輩大家を罵倒しようという目的で、あらぬことを口走っているのではない。昔、ある新進作家が先輩大家を罵倒した論文を書いたために、ついに彼自身没落したという話もきいている。口は禍《わざわい》の基である。それに、私は悪評というものがどれだけ相手を傷つけるものであるかということも知っている。私などまだ六年の文壇経歴しかないが、その六年間、作品を発表するたびに悪評の的となり、現在もその状況は悪化する一方である。私の親戚のあわて者は、私の作品がどの新聞、雑誌を見ても、げす、悪達者、下品、職人根性、町人魂、俗悪、エロ、発疹チブス、害毒、人間冒涜、軽佻浮薄《けいちょうふはく》などという忌まわしい言葉で罵倒されているのを見て、こんなに悪評を被っているのでは、とても原稿かせぎは及びもつくまい、世間も相手にすまい、十円の金を貸してくれる出版屋もあるまい、恐らく食うに困っているのだろうと、三百円の為替を送って来てくれた。また、べつの親戚の娘は、女学校の入学試験に落第したのは、親戚に私のような悪評嘖々《さくさく》たる人間がいるからであると言って、私に責任を問うて来た。ある大家が私の作品を人間冒涜の文学であり、いやらしいと言ったという噂が伝わった時、私は宿屋に泊っても変名を使った。悪評はかくの如く人の心を傷つける。だから、私は私を悪評した人の文章を、腹いせ的に悪評して、その人の心を不愉快にするよりは、その人の文章を口を極めてほめるという偽善的態度をとりたいくらいである。まして、枕を高くして寝ている師走の老大家の眠りをさまたげるような高声を、その門前で発するようなことはしたくない。

しかも敢《あ》えてこのような文章を書くのは、老大家やその亜流の作品を罵倒する目的ではなく、むしろ、それらの作品を取り巻く文壇の輿論《よろん》、即ち彼等の文学を最高の権威としている定説が根強くはびこっている限り、日本の文壇はいわゆる襟を正して読む素直な作品にはことを欠かないだろうが、しかし、新しい文学は起こり得ない、可能性の文学、近代小説は生れ得ないと思うからである。私は日本文壇のために一人悲憤したり、一人憂うという顔をしたり、文壇を指導したり、文壇に発言力を持つことを誇ったり、毒舌をきかせて痛快がったり、他人の棚下しでめしを食ったり、することは好まぬし、関西に一人ぽっちで住んで文壇とはなれている方が心底から気楽だと思う男だが、しかし、文壇の現状がいつまでも続いて、退屈極まる作品を巻頭か巻尾にのせた文学雑誌を買ったり、技倆《ぎりょう》拙劣読むに堪《た》えぬ新人の小説を、あれは大家の推薦だからいいのだろうと、我慢して読んでいる読者のことを考えると、気の毒になるし、私自身読者の一人として、大いに困るのである。これは文学の神様のものだから襟を正して読め、これは文学の神様を祀っている神主の斎戒沐浴《さいかいもくよく》小説だからせめてその真面目さを買って読め、と言われても、私は困るのである。考えてみれば、日本は明治以後まだ百年にもならぬのに、明治大正の作家が既に古典扱いをされて、文学の神様となっているのは、どうもおかしいことではないか。しかも、一たび神様となるや、その権威は絶対であって、片言隻句ことごとく神聖視されて、敗戦後各分野で権威や神聖への疑義が提出されているのに、文壇の権威は少しも疑われていないのは、何たる怠慢であろうか。

志賀直哉から見た太宰治

――座談会で太宰の印象を聞かれて

とぼけて居るね。
あのポーズが好きになれない

《志賀直哉から見た太宰治》

右ページに載せたのは、雑誌社が主催した広津和郎との座談会における、志賀直哉の発言(『文学行動』昭和23年1月号より)。

この発言の後に行われた座談会でも、志賀は太宰の「犯人」「斜陽」を酷評している。1948年3月に行われた「文藝」の対談では、「犯人」は「始めからオチがわかっていてつまらない」、「斜陽」は「貴族の令嬢の言葉遣いがおかしい」と語るなど、太宰への反感を露わにしている。

志賀は無頼派による座談会の記事(52ページ参照)を読んで、太宰が自分に反感を持っていることを知っていた。右の座談会で悪意を持って太宰を評することになったのはそのためだと、後に「太宰治の死」で語っている。それ以前から太宰はたびたび志賀を非難する文章を発表してため、そのことも志賀の耳に入っていたのかもしれない。

一連の座談会における志賀の発言から悪意を感じ取った太宰は、「如是我聞《にょぜがもん》」を1948年3月発行分の『新潮』に発表。名前こそ伏せたものの、志賀への批判が展開されていることは明らかだった。

連載二回目こそ志賀批判はなかったものの、同年6月に志賀が文芸誌上で「犯人」「斜陽」を再び酷評すると、太宰は激怒。「如是我聞」連載三回目で志賀を名指して批判し、それに続く四回目(次ページ掲載)では、さらに鋭い調子で志賀への恨みを綴っている。

この第四回「如是我聞」を執筆したのちの1948年6月13日、太宰は愛人の山崎富栄とともに玉川上水へ身を投げて命を落とした。

如是我聞《にょぜがもん》（より）

――志賀直哉への怒り

太宰 治

或る雑誌の座談会の速記録を読んでいたら、志賀直哉というのが、妙に私の悪口を言っていたので、さすがにむっとなり、この雑誌の先月号の小論に、附記みたいにして、こちらも大いに口汚なく言い返してやったが、あれだけではまだ自分も言い足りないような気がしていた。いったい、あれは、何だってあんなにえばったものの言い方をしているのか。普通の小説というものが、将棋だとするならば、あいつの書くものなどは、詰将棋である。王手、王手で、そうして詰むにきまっている将棋である。旦那芸の典型である。勝つか負けるかのおののきなどは、微塵《みじん》もない。そうして、そののっぺら棒がご自慢らしいのだからおそれ入る。

どだい、この作家などは、思索が粗雑だし、教養はなし、ただ乱暴なだけで、そうして己れひとり得意でたまらず、文壇の片隅にいて、一部の物好きのひとから愛されるくらいが関の山であるのに、いつの間にやら、ひさしを借りて、図々しくも母屋に乗り込み、何やら巨匠のような構えをつくって来たのだから失笑せざるを得ない。

今月は、この男のことについて、手加減もせずに、暴露してみるつもりである。

孤高とか、節操とか、潔癖とか、そういう讃辞《さんじ》を得ている作家には注意しなければならない。それは、殆んど狐狸《こり》性を所有しているものたちである。潔癖などということは、ただ我儘《わがまま》で、頑固で、おまけに、抜け目無くて、まことにいい気なものである。卑怯《ひきょう》でも何でもいいから勝ちたいのである。人間を家来にしたいという、ファッショ的精神とでもいうべきか。

こういう作家は、いわゆる軍人精神みたいなものに満されているようである。手加減しないとさっき言ったが、さすがに、この作家の「シンガポール陥落」の全文章をここに掲げるにしのびない。阿呆の文章である。東条でさえ、こんな無神経なことは書くまい。甚だ、奇怪なることを書いてある。もうこの辺から、この作家は、駄目になっているらしい。

言うことはいくらでもある。

この者は人間の弱さを軽蔑している。自分に金のあるのを誇っている。「小僧の神様」という短篇があるようだが、その貧しき者への残酷さに自身気がついているだろうかどうか。ひとにものを食わせるというのは、電車でひとに席を譲る以上に、苦痛なものである。何が神様だ。その神経は、まるで新興成金そっくりではないか。

またある座談会で（おまえはまた、どうして僕をそんなに気にするのかね。みっともない。）太宰君の「斜陽」なんていうのも読んだけど、閉口したな。なんて言っているようだが、「閉口したな」などという卑屈な言葉遣いには、こっちのほうであきれた。

どうもあれには閉口、まいったよ、そういう言い方は、ヒステリックで無学な、そうして意味なく昂たかぶっている道楽者の言う口調である。ある座談会の速記を読んだら、その頭の悪い作家が、私のことを、もう少し真面目にやったらよかろうという気がするね、と言っていたが、唖然《あぜん》とした。おまえこそ、もう少しどうにかならぬものか。

さらにその座談会に於て、貴族の娘が山出しの女中のような言葉を使う、とあったけれども、おまえの「うさぎ」には、「お父さまは、うさぎなどお殺せなさいますの？」とかいう言葉があった筈で、まことに奇異なる思いをしたことがある。「お殺せ」いい言葉だねえ。恥しくないか。

おまえはいったい、貴族だと思っているのか。ブルジョアでさえないじゃないか。おまえの弟に対して、おまえがどんな態度をとったか、よかれあしかれ、てんで書けないじゃないか。家内中が、流行性感冒にかかったことなど一大事の如く書いて、それが作家の本道だと信じて疑わないおまえの馬面《うまづら》がみっともない。

強いということ、自信のあるということ、それは何も作家たるものの重要な条件ではないのだ。

かつて私は、その作家の高等学校時代だかに、桜の幹のそばで、いやに構えている写真を見たことがあるが、何という嫌な学生だろうと思った。芸術家の弱さが、少しもそこになかった。ただ無神経に、構えているのである。薄化粧したスポーツマン。弱いものいじめ。エゴイスト。腕力は強そうである。年とってからの写真を見たら、何のことはない植木屋のおやじだ。腹掛丼《どんぶり》がよく似合うだろう。

私の「犯人」という小説について、「あれは読んだ。あれはひどいな。あれは初めから落ちが判ってるんだ。こちらが知ってることを作家が知らないと思って、一生懸命書いている。」と言っているが、あれは、落ちもくそもない、初めから判っているのに、それを自分の慧眼《けいがん》だけがそれを見破っているように言っているのは、いかにももうろくに近い。あれは探偵小説ではないのだ。むしろ、おまえの「雨蛙《あまがえる》」のほうが幼い「落ち」じゃないのか。

いったい何だってそんなに、自分でえらがっているのか。自分ももう駄目ではないかという反省を感じたことがないのか。強がることはやめなさい。人相が悪いじゃないか。

さらにまた、この作家に就いて悪口を言うけれども、このひとの最近の佳作だかなんだかと言われている文章の一行を読んで実に不可解であった。

すなわち、「東京駅の屋根のなくなった歩廊に立っていると、風はなかったが、冷え冷えとし、着て来た一重外套《がいとう》で丁度よかった。」馬鹿らしい。冷え冷えとし、だからふるえているのかと思うと、着て来た一重外套で丁度よかった、これはどういうことだろう。まるで滅茶苦茶である。いったいこの作品には、この少年工に対するシンパシーが少しも現われていない。つっぱなして、愛情を感ぜしめようという古くからの俗な手法を用いているらしいが、それは失敗である。しかも、最後の一行、昭和二十年十月十六日の事である、に到っては噴飯のほかはない。もう、ごまかしが、きかなくなった。

私はいまもって滑稽でたまらぬのは、あの「シンガポール陥落」の筆者が、(遠慮はよそうね。おまえは一億一心は期せずして実現した。今の日本には親英米などという思想はあり得ない。吾々の気持は明るく、非常に落ちついて来た。などと言っていたね。)戦後には、まことに突如として、内村鑑三先生などという名前が飛び出し、ある雑誌のインターヴューに、自分が今日まで軍国主義にもならず、節操を保ち得たのは、ひとえに、恩師内村鑑三の教訓によるなどと言っているようで、インターヴューは、当てにならないものだけれど、話半分としても、そのおっちょこちょいは笑うに堪える。

いったい、この作家は特別に尊敬せられているようだが、何故、そのように尊敬せられているのか、私には全然、理解出来ない。どんな仕事をして来たのだろう。ただ、大きい活字の本をこさえているようにだけしか思われない。「万暦赤絵」とかいうものも読んだけれど、阿呆らしいものであった。いい気なものだと思った。自分がおならひとつしたことを書いても、それが大きい活字で組まれて、読者はそれを読み、襟を正すというナンセンスと少しも違わない。作家もどうかしているけれども、読者もどうかしている。

所詮は、ひさしを借りて母屋にあぐらをかいた狐である。何もない。ここに、あの作家の選集でもあると、いちいち指摘出来るのだろうが、へんなもので、いま、女房と二人で本箱の隅から隅まで探しても一冊もなかった。縁がないのだろうと私は言った。夜更けていたけれども、それから知人の家に行き、何でもいいから志賀直哉のものを借してくれと言い、「早春」と「暗夜行路」と、それから「灰色の月」の掲載誌とを借りることが出来た。

「暗夜行路」

大袈裟な題をつけたものだ。彼は、よくひとの作品を、ハッタリだの何だのと言っているようだが、自分のハッタリを知るがよい。その作品が、殆んどハッタリである。詰将棋とはそれを言うのである。いったい、この作品の何処に暗夜があるのか。ただ、自己肯定のすさまじさだけである。

何処がうまいのだろう。ただ自惚《うぬぼ》れているだけではないか。風邪をひいたり、中耳炎を起したり、それが暗夜か。実に不可解であった。まるでこれは、れいの綴方教室、少年文学では無かろうか。それがいつのまにやら、ひさしを借りて、母屋に、無学のくせにてれもせず、でんとおさまってけろりとしている。

しかし私は、こんな志賀直哉などのことを書き、かなりの鬱陶しさを感じている。何故だろうか。彼は所謂よい家庭人であり、程よい財産もあるようだし、傍に良妻あり、子供は丈夫で父を尊敬しているにちがいないし、自身は風景よろしきところに住み、戦災に遭ったという話も聞かぬから、手織りのいい紬《つむぎ》なども着ているだろう、おまけに自身が肺病とか何とか不吉な病気も持っていないだろうし、訪問客はみな上品、先生、先生と言って、彼の一言隻句にも感服し、なごやかな空気が一杯で、近頃、太宰という思い上ったやつが、何やら先生に向って言っているようですが、あれはきたならしいやつですから、相手になさらぬように、（笑声）それなのに、その嫌らしい、（直哉の曰く、僕にはどうもいい点が見つからないね）その四十歳の作家が、誇張でなしに、血を吐きながらでも、本流の小説を書こうと努め、その努力が却《かえ》ってみなに嫌われ、三人の虚弱の幼児をかかえ、夫婦は心から笑い合ったことがなく、障子の骨も、襖《ふすま》のシンも、破れ果てている五十円の貸家に住み、戦災を二度も受けたおかげで、もともといい着物も着たい男が、短か過ぎるズボンに下駄ばきの姿で、子供の世話で一杯の女房の代りに、おかずの買物に出るのである。そうして、この志賀直哉などに抗議したおかげで、自分のこれまで附き合っていた先輩友人たちと、全部気まずくなっているのである。それでも、私は言わなければならない。狸《たぬき》か狐のにせものが、私の労作に対して「閉口」したなどと言っていい気持になっておさまっているからだ。

いったい志賀直哉というひとの作品は、厳しいとか、何とか言われているようだが、それは嘘で、アマイ家庭生活、主人公の柄でもなく甘ったれた我儘、要するに、その容易で、楽しそうな生活が魅力になっているらしい。成金に過ぎないようだけれども、とにかく、お金があって、東京に生れて、東京に育ち、（東京に生れて、東京に育ったということの、そのプライドは、私たちからみると、まるでナンセンスで滑稽に見えるが、彼らが、田舎者という時には、どれだけ深い軽蔑感が含まれているか、おそらくそれは読者諸君の想像以上のものである。）道楽者、いや、少し不良じみて、骨組頑丈、顔が大きく眉が太く、自身で裸になって角力《すもう》をとり、その力の強さがまた自慢らしく、何でも勝ちゃいいんだとうそぶき、「不快に思った」の何のとオールマイティーの如く生意気な口をきいていると、田舎出の貧乏人は、とにかく一応は度胆をぬかれるであろう。彼がおならをするのと、田舎出の小者のおならをするのとは、全然意味がちがうらしいのである。「人による」と彼は、言っている。頭の悪く、感受性の鈍く、ただ、おれが、おれが、で明け暮れして、そうして一番になりたいだけで、（しかも、それは、ひさしを借りて母屋をとる式の卑劣な方法でもって）どだい、目的のためには手段を問わないのは、彼ら腕力家の特徴ではあるが、カンシャクみたいなものを起して、おしっこの出たいのを我慢し、中腰になって、彼は、くしゃくしゃと原稿を書き飛ばし、そうして、身辺のものに清書させる。それが、彼の文章のスタイルに歴然と現われている。残忍な作家である。何度でも繰返して言いたい。彼は、古くさく、乱暴な作家である。古くさい文学観をもって、彼は、一寸《いっすん》も身動きしようとしない。頑固。彼は、それを美徳だと思っているらしい。それは、狡猾である。あわよくば、と思っているに過ぎない。いろいろ打算もあることだろう。それだから、嫌になるのだ。倒さなければならないと思うのだ。頑固とかいう親爺が、ひとりいると、その家族たちは、みな不幸の溜息《ためいき》をもらしているものだ。気取りを止めよ。私のことを「いやなポーズがあって、どうもいい点が見つからないね」とか言っていたが、それは、おまえの、もはや石膏《せっこう》のギブスみたいに固定している馬鹿なポーズのせいなのだ。

も少し弱くなれ。文学者ならば弱くなれ。柔軟になれ。おまえの流儀以外のものを、いや、その苦しさを解るように努力せよ。どうしても、解らぬならば、だまっていろ。むやみに座談会なんかに出て、恥をさらすな。無学のくせに、カンだの何だの頼りにもクソにもならないものだけに、すがって、十年一日の如く、ひとの蔭口をきいて、笑って、いい気になっているようなやつらは、私のほうでも「閉口」である。勝つために、実に卑劣な手段を用いる。そうして、俗世に於て、「あれはいいひとだ、潔癖な立派なひとである」などと言われることに成功している。殆んど、悪人である。

《如是我聞（より）》

君たちの得たものは、（所謂文壇生活何年か知らぬが、）世間的信頼だけである。志賀直哉を愛読しています、と言えばそれは、おとなしく、よい趣味人の証拠ということになっているらしいが、恥しくないか。その作家の生前に於て、「良風俗」とマッチする作家とは、どんな種類の作家か知っているだろう。

君は、代議士にでも出ればよかった。その厚顔、自己肯定、代議士などにうってつけである。君は、あの「シンガポール陥落」の駄文（あの駄文をさえ頬かむりして、ごまかそうとしているらしいのだから、おそるべき良心家である。）その中で、木に竹を継いだように、頗《すこぶ》る唐突に、「謙譲」なんていう言葉を用いていたが、それこそ君に一番欠けている徳である。君の恰好の悪い頭に充満しているものは、ただ、思い上りだけだ。この「文藝」という座談会の記事を一読するに、君は若いものたちの前で甚だいい気になり、やに下り、また若いものたちも、妙なことばかり言って媚《こ》びているが、しかし私は若いものの悪口は言わぬつもりだ。私に何か言われるということは、そのひとたちの必死の行路を無益に困惑させるだけのことだという事を知っているからだ。

「こっちは太宰の年上だからね」という君の言葉は、年上だから悪口を言う権利があるというような意味に聞きとれるけれども、私の場合、それは逆で、「こっちが年上だからね」若いひとの悪口は遠慮したいのである。なおまた、その座談会の記事の中に、「どうも、評判のいいひとの悪口を言うことになって困るんだけど」という箇所があって、何という醜く卑しいひとだろうと思った。このひとは、案外、「評判」というものに敏感なのではあるまいか。それならば、こうでも言ったほうがいいだろう。「この頃評判がいいそうだから、苦言を呈して、みたいんだけど」少くともこのほうに愛情がある。彼の言葉は、ただ、ひねこびた虚勢だけで、何の愛情もない。見たまえ、自分で自分の「邦子」やら「児を盗む話」やらを、少しも照れずに自慢し、その長所、美点を講釈している。そのもうろくぶりには、噴き出すほかはない。作家も、こうなっては、もうダメである。

「こしらえ物」「こしらえ物」とさかんに言っているようだが、それこそ二十年一日の如く、カビの生えている文学論である。こしらえ物のほうが、日常生活の日記みたいな小説よりも、どれくらい骨が折れるものか、そうしてその割に所謂批評家たちの気にいられぬということは、君も「クローディアスの日記」などで思い知っている筈だ。そうして、骨おしみの横着もので、つまり、自身の日常生活に自惚れているやつだけが、例の日記みたいなものを書くのである。それでは読者にすまぬと、所謂、虚構を案出する、そこにこそ作家の真の苦しみというものがあるのではなかろうか。所詮、君たちは、なまけもので、そうして狡猾にごまかしているだけなのである。だから、生命がけでものを書く作家の悪口を言い、それこそ、首くくりの足を引くようなことをやらかすのである。いつでもそうであるが、私を無意味に苦しめているのは、君たちだけなのである。

君について、うんざりしていることは、もう一つある。それは芥川の苦悩がまるで解っていないことである。

日蔭者の苦悶《くもん》。

弱さ。

聖書。

生活の恐怖。

敗者の祈り。

君たちには何も解らず、それの解らぬ自分を、自慢にさえしているようだ。そんな芸術家があるだろうか。知っているものは世知だけで、思想もなにもチンプンカンプン。開《あ》いた口がふさがらぬとはこのことである。ただ、ひとの物腰だけで、ひとを判断しようとしている。下品とはそのことである。君の文学には、どだい、何の伝統もない。チェホフ？　冗談はやめてくれ。何にも読んでやしないじゃないか。本を読まないということは、そのひとが孤独でないという証拠である。隠者の装いをしていながら、周囲がつねに賑《にぎ》やかでなかったならば、さいわいである。その文学は、伝統を打ち破ったとも思われず、つまり、子供の読物を、いい年をして大えばりで書いて、調子に乗って来たひとのようにさえ思われる。しかし、アンデルセンの「あひるの子」ほどの「天才の作品」も、一つもないようだ。そうして、ただ、えばるのである。腕力の強いガキ大将、お山の大将、乃木大将。

貴族がどうのこうのと言っていたが、（貴族というと、いやにみなイキリ立つのが不可解）或る新聞の座談会で、宮さまが、「斜陽を愛読している、身につまされるから」とおっしゃっていた。それで、いいじゃないか。おまえたち成金の奴《やっこ》の知るところでない。ヤキモチ。いいとしをして、恥かしいね。太宰などお殺せなさいますの？　売り言葉に買い言葉、いくらでも書くつもり。

不良少年とキリスト（より）

——坂口安吾から見た太宰と志賀

坂口　安吾

檀一雄、来る。ふところより高価なるタバコをとりだし、貧乏するとゼイタクになる、タンマリお金があると、二十円の手巻きを買う、と呟きつつ、余に一個くれたり。

「太宰が死にましたね。死んだから、葬式に行かなかった」

死なない葬式が、あるもんか。

檀は太宰と一緒に共産党の細胞とやらいう生物活動をしたことがあるのだ。そのとき太宰は、生物の親分格で、檀一雄の話によると一団中で最もマジメな党員だったそうである。

「とびこんだ場所が自分のウチの近所だから、今度はほんとに死んだと思った」

檀仙人は神示をたれて、又、曰く、

「またイタズラしましたね。なにかしらイタズラするです。死んだ日が十三日、グッドバイが十三回目、なんとか、なんとかが、十三……」

檀仙人は十三をズラリと並べた。てんで気がついていなかったから、私は呆気にとられた。仙人の眼力である。

太宰の死は、誰より早く、私が知った。まだ新聞へでないうちに、新潮の記者が知らせに来たのである。それをきくと、私はただちに置手紙を残して行方をくらました。新聞、雑誌が太宰のことで襲撃すると直覚に及んだからで、太宰のことは当分語りたくないから、と来訪の記者諸氏に宛て、書き残して、家をでたのである。これがマチガイの元であった。

新聞記者は私の置手紙の日附が新聞記事よりも早いので、怪しんだのだ。太宰の自殺が狂言で、私が二人をかくまっていると思ったのである。

私も、はじめ、生きているのじゃないか、と思った。然し、川っぷちに、ズリ落ちた跡がハッキリしていたときいたので、それでは本当に死んだと思った。ズリ落ちた跡までイタズラはできない。新聞記者は拙者に弟子入りして探偵小説を勉強しろ。

新聞記者のカンチガイが本当であったら、大いに、よかった。一年間ぐらい太宰を隠しておいて、ヒョイと生きかえらせたら、新聞記者や世の良識ある人々はカンカンと怒るか知れないが、たまにはそんなことが有っても、いいではないか。本当の自殺よりも、狂言自殺をたくらむだけのイタズラができたら、太宰の文学はもっと傑《すぐ》れたものになったろうと私は思っている。

＊

ブランデン氏は、日本の文学者どもと違って眼識ある人である。太宰の死にふれて（時事新報）文学者がメランコリイだけで死ぬのは例が少い、たいがい虚弱から追いつめられるもので、太宰の場合も肺病が一因ではないか、という説であった。

芥川も、そうだ。支那で感染した梅毒が、貴族趣味のこの人をふるえあがらせたことが思いやられる。

芥川や太宰の苦悩に、もはや梅毒や肺病からの圧迫が慢性となって、無自覚になっていたとしても、自殺へのコースをひらいた圧力の大きなものが、彼らの虚弱であったことは本当だと私は思う。

太宰は、M・C、マイ・コメジアン、を自称しながら、どうしても、コメジアンになりきることが、できなかった。

晩年のものでは、――どうも、いけない。彼は「晩年」という小説を書いてるもんで、こんぐらかって、いけないよ。その死に近きころの作品に於ては（舌がまわらんネ）「斜陽」が最もすぐれている。然し十年前の「魚服記」（これぞ晩年の中にあり）は、すばらしいじゃないか。これぞ、M・Cの作品です。「斜陽」も、ほぼ、M・Cだけれども、どうしてもM・

Cになりきれなかったんだね。

「父」だの「桜桃」だの、苦しいよ。あれを人に見せちゃア、いけないいんだ。あれはフッカヨイの中にだけあり、フツカヨイの中で処理してしまわなければいけない性質のものだ。

フツカヨイの、もしくは、フツカヨイ的の、自責や追悔の苦しさ、切なさを、文学の問題にしてもいけないし、人生の問題にしてもいけない。

死に近きころの太宰は、フツカヨイ的でありすぎた。毎日がいくらフツカヨイであるにしても、文学がフツカヨイじゃ、いけない。舞台にあがったM・Cにフツカヨイは許されないのだよ。覚醒剤をのみすぎ、心臓がバクハツしても、舞台の上のフツカヨイはくいとめなければいけない。

芥川は、ともかく、舞台の上で死んだ。死ぬ時も、ちょッと、役者だった。太宰は、十三の数をひねくったり、人間失格、グッドバイと時間をかけて筋をたて、筋書き通りにやりながら、結局、舞台の上ではなく、フツカヨイ的に死んでしまった。

フツカヨイをとり去れば、太宰は健全にして整然たる常識人、つまり、マットウの人間であった。小林秀雄が、そうである。太宰は小林の常識性を笑っていたが、それはマチガイである。真に正しく整然たる常識人でなければ、まことの文学は、書ける筈がない。

今年の一月何日だか、織田作之助の一周忌に酒をのんだとき、織田夫人が二時間ほど、お

くれて来た。その時までに一座は大いに酔っ払っていたが、誰かが織田の何人かの隠していた女の話をはじめたので、

「そういう話は今のうちにやってしまえ。織田夫人がきたら、やるんじゃないよ」

と私が言うと、

「そうだ、そうだ、ほんとうだ」

と、間髪を入れず、大声でアイヅチを打ったのが太宰であった。先輩を訪問するに袴をはき、太宰は、そういう男である。健全にして、整然たる、本当の人間であった。

然し、M・Cになれず、どうしてもフツカヨイ的になりがちであった。

人間、生きながらえば恥多し。然し、文学のM・Cには、人間の恥はあるが、フツカヨイの恥はない。

「斜陽」には、変な敬語が多すぎる。お弁当をお座敷にひろげて御持参のウイスキーをお飲みになり、といったグアイに、そうかと思うと、和田叔父が汽車にのると上キゲンに謡をうなる、というように、いかにも貴族の月並な紋切型で、作者というものは、こんなところに文学のまことの問題はないのだから平気な筈なのに、実に、フツカヨイ的に最も赤面するのが、こういうところなのである。

まったく、こんな赤面は無意味で、文学にとって、とるにも足らぬことだ。

ところが、志賀直哉という人物が、これを採りあげて、やッつける。つまり、志賀直哉なる人物が、いかに文学者でないか、単なる文章家にすぎん、ということが、これによって明かなのであるが、ところが、これが又、フツカヨイ的には最も急所をついたもので、太宰を赤面混乱させ、逆上させたに相違ない。

元々太宰は調子にのると、フツカヨイ的にすべってしまう男で、彼自身が、志賀直哉の「お殺し」という敬語が、体をなさんと云って、やッつける。

いったいに、こういうところには、太宰の一番かくしたい秘密があった、と私は思う。

彼の小説には、初期のものから始めて、自分が良家の出であることが、書かれすぎている。そのくせ、彼は、亀井勝一郎が何かの中で自ら名門の子弟を名乗ったら、ゲッ、名門、笑わせるな、名門なんて、イヤな言葉、そう言ったが、なぜ、名門がおかしいのか、つまり太宰が、それにコダワッているのだ。名門のおかしさが、すぐ響くのだ。志賀直哉のお殺しも、それが彼にひびく意味があったのだろう。

フロイドに「誤謬の訂正」ということがある。我々が、つい言葉を言いまちがえたりすると、それを訂正する意味で、無意識のうちに類似のマチガイをやって、合理化しようとするものだ。フツカヨイ的な衰弱的な心理には、特にこれがひどくなり、赤面逆上的混乱苦痛とともに、誤謬の訂正的発狂状態が起るものである。

太宰は、これを、文学の上でやった。

思うに太宰は、その若い時から、家出をして女の世話になった時などに、良家の子弟、時には、華族の子弟ぐらいのところを、気取っていたこともあったのだろう。その手で、飲み屋をだまして、借金を重ねたことも、あったかも知れぬ。

フツカヨイ的に衰弱した心には、遠い一生のそれらの恥の数々が赤面逆上的に彼を苦しめていたに相違ない。そして彼は、その小説で、誤謬の訂正をやらかした。フロイドの誤謬の訂正とは、誤謬を素直に訂正することではなくて、もう一度、類似の誤謬を犯すことによって、訂正のツジツマを合せようとする意味である。

けだし、率直な誤謬の訂正、つまり善なる建設への積極的な努力を、太宰はやらなかった。

彼は、やりたかったのだ。そのアコガレや、良識は、彼の言動にあふれていた。然し、やれなかった。そこには、たしかに、虚弱の影響もある。然し、虚弱に責を負わせるのは正理ではない。たしかに、彼が、安易であったせいである。

M・Cになるには、フツカヨイを殺してかかる努力がいるが、フツカヨイの嘆きに溺れてしまうには、努力が少くてすむのだ。然し、なぜ、安易であったか、やっぱり、虚弱に帰するべきであるかも知れぬ。

むかし、太宰がニヤリと笑って田中英光に教訓をたれた。ファン・レターには、うるさがらずに、返事をかけよ、オトクイサマだからな。文学者も商人だよ。田中英光はこの教訓にしたがって、せっせと返事を書くそうだが、太宰がせッせと返事を書いたか、あんまり書きもしなかろう。

しかし、ともかく、太宰が相当ファンにサービスしていることは事実で、去年私のところへ金沢だかどこかの本屋のオヤジが、画帖（だか、どうだか、中をあけてみなかったが、相当厚みのあるものであった）を送ってよこして、一筆かいてくれという。包みをあけずに、ほッたらかしておいたら、時々サイソクがきて、そのうち、あれは非常に高価な紙をムリして買ったもので、もう何々さん、何々さん、何々さん、太宰さんも書いてくれた、余は汝坂口先生の人格を信用している、というような変なことが書いてあった。虫の居どころの悪い時で、私も腹を立て、変なインネンをつけるな、バカ者め、と、包みをそっくり送り返したら、このキチガイめ、と怒った返事がきたことがあった。その時のハガキによると、太宰は絵をかいて、それに書を加えてやったようである。相当のサービスと申すべきであろう。これも、彼の虚弱から来ていることだろうと私は思っている。

いったいに、女優男優はとにかく、文学者とファン、ということは、日本にも、外国にも、あんまり話題にならない。だいたい、現世的な俳優という仕事と違って、文学は歴史性のある仕事であるから、文学者の関心は、現世的なものとは交りが浅くなるのが当然で、ヴァレリイはじめ崇拝者にとりまかれていたというマラルメにしても、木曜会の漱石にしても、ファンというより門弟で、一応才能の資格が前提されたツナガリであったろう。

太宰の場合は、そうではなく、映画ファンと同じようで、こういうところは、芥川にも似たところがある。私はこれを彼らの肉体の虚弱からきたものと見るのである。

彼らの文学は本来孤独の文学で、現世的、ファン的なものとツナガルところはない筈であるのに、つまり、彼らは、舞台の上のM・Cになりきる強靭さが欠けていて、その弱さを現世的におぎなうようになったのだろうと私は思う。

結局は、それが、彼らを、死に追いやった。彼らが現世を突ッぱねていれば、彼らは、自殺はしなかった。自殺したかも、知れぬ。然し、ともかく、もっと強靭なM・Cとなり、さらに傑れた作品を書いたであろう。

芥川にしても、太宰にしても、彼らの小説は、心理通、人間通の作品で、思想性は殆どない。

虚無というものは、思想ではないのである。人間そのものに附属した生理的な精神内容で、思想というものは、もっとバカな、オッチョコチョイなものだ。キリストは、思想でなく、人間そのものである。

人間性（虚無は人間性の附属品だ）は永遠不変のものであり、人間一般のものであるが、個人というものは、五十年しか生きられない人間で、その点で、唯一の特別な人間であり、人間一般と違う。思想とは、この個人に属するもので、だから、生き、又、亡びるものである。だから、元来、オッチョコチョイなのである。

思想とは、個人が、ともかく、自分の一生を大切に、より良く生きようとして、工夫をこらし、必死にあみだした策であるが、それだから、又、人間、死んでしまえば、それまでさ、アクセクするな、と言ってしまえば、それまでだ。

太宰は悟りすまして、そう云いきることも出来なかった。そのくせ、よりよく生きる工夫をほどこし、青くさい思想を怖れず、バカになることは、尚、できなかった。然し、そう悟りすまして、冷然、人生を白眼視しても、ちッとも救われもせず、偉くもない。それを太宰は、イヤというほど、知っていた筈だ。

太宰のこういう「救われざる悲しさ」は、太宰ファンなどというものには分らない。太宰ファンは、太宰が冷然、白眼視、青くさい思想や人間どもの悪アガキを冷笑して、フツカヨイ的な自虐作用を見せるたびに、カッサイしていたのである。

太宰はフツカヨイ的では、ありたくないと思い、もっともそれを呪っていた筈だ。どんなに青くさくても構わない、幼稚でもいい、よりよく生きるために、世間的な善行でもなんでも、必死に工夫して、よい人間になりたかった筈だ。

それをさせなかったものは、もろもろの彼の虚弱だ。そして彼は現世のファンに迎合し、歴史の中のM・Cにならずに、ファンだけのためのM・Cになった。「人間失格」「グッドバイ」「十三」なんて、いやらしい、ゲッ。他人がそれをやれば、太宰は必ず、そう言う筈ではないか。

太宰が死にそこなって、生きかえったら、いずれはフツカヨイ的に赤面逆上、大混乱、苦悶のアゲク、「人間失格」「グッドバイ」自殺、イヤらしい、ゲッ、そういうものを書いたにきまっている。

＊

太宰は、時々、ホンモノのM・Cになり、光りかがやくような作品をかいている。「魚服記」、「斜陽」、その他、昔のものにも、いくつとなくあるが、近年のものでも、「男女同権」とか、「親友交歓《こうかん》」のような軽いものでも、立派なものだ。堂々、見あげたM・Cであり、歴史の中のM・Cぶりである。

けれども、それが持続ができず、どうしてもフツカヨイのM・Cになってしまう。そこから持ち直して、ホンモノのM・Cに、もどる。又、フツカヨイのM・Cにもどる。それを繰りかえしていたようだ。

然し、そのたびに、語り方が巧くなり、よい語り手になっている。文学の内容は変っていない。それは彼が人間通の文学で、人間性の原本的な問題のみ取り扱っているから、思想的な生成変化が見られないのである。

今度も、自殺をせず、立ち直って、歴史の中のM・Cになりかえったなら、彼は更に巧みな語り手となって、美しい物語をサービスした筈であった。

だいたいに、フツカヨイ的自虐作用は、わかり易いものだから、深刻ずきな青年のカッサイを博すのは当然であるが、太宰ほどの高い孤独な魂が、フツカヨイのM・Cにひきずられがちであったのは、虚弱の致すところ、又、ひとつ、酒の致すところであったと私は思う。

ブランデン氏は虚弱を見破ったが、私は、もう一つ、酒、この極めて通俗な魔物をつけ加える。

太宰の晩年はフツカヨイ的であったが、又、実際に、フツカヨイという通俗きわまるものが、彼の高い孤独な魂をむしばんでいたのだろうと思う。

酒は殆ど中毒を起さない。先日、さる精神病医の話によると、特に日本には真性アル中というものは殆どない由である。

けれども、酒を麻薬に非ず、料理の一種と思ったら、大マチガイですよ。

酒は、うまいもんじゃないです。僕はどんなウイスキーでもコニャックでも、イキを殺して、ようやく呑み下しているのだ。酔っ払うために、のんでいるです。酔うと、ねむれます。

これも効用のひとつ。

然し、酒をのむと、否、酔っ払うと、忘れます。いや、別の人間に誕生します。もしも、自分というものが、忘れる必要がなかったら、何も、こんなものを、私はのみたくない。

自分を忘れたい、ウソつけ。忘れたきゃ、年中、酒をのんで、酔い通せ。これをデカダンと称す。屁理窟を云ってはならぬ。

私は生きているのだぜ。さっきも言う通り、人生五十年、タカが知れてらア、そう言うのが、あんまり易しいから、そう言いたくないと言ってるじゃないか。幼稚でも、青くさくても、泥くさくても、なんとか生きているアカシを立てようと心がけているのだ。年中酔い通すぐらいなら、死んでらい。

一時的に自分を忘れられるということは、これは魅力あることですよ。たしかに、これは、現実的に偉大なる魔術です。むかしは、金五十銭、ギザギザ一枚にぎると、新橋の駅前で、コップ酒五杯のんで、魔術がつかえた。ちかごろは、魔法をつかうのは、容易なことじゃ、ないですよ。太宰は、魔法つかいに失格せずに、人間に失格したです。と、思いこみ遊ばしたです。

もとより、太宰は、人間に失格しては、いない。フツカヨイに赤面逆上するだけでも、赤面逆上しないヤツバラよりも、どれぐらい、マットウに、人間的であったか知れぬ。

小説が書けなくなったわけでもない。ちょッと、一時的に、M・Cになりきる力が衰えただけのことだ。

太宰は、たしかに、ある種の人々にとっては、つきあいにくい人間であったろう。

たとえば、太宰は私に向って、文学界の同人についなっちゃったが、あれ、どうしたら、いいかね、と云うから、いいじゃないか、そんなこと、ほッたらかしておくがいいさ。アア、そうだ、そうだ、とよろこぶ。

そのあとで、人に向って、坂口安吾にこうわざとショゲて見せたら、案の定、大先輩ぶって、ポンと胸をたたかんばかりに、いいじゃないか、ほッたらかしとけ、だってさ、などと面白おかしく言いかねない男なのである。

多くの旧友は、太宰のこの式の手に、太宰をイヤがって離れたりしたが、むろんこの手で友人たちは傷つけられたに相違ないが、実際は、太宰自身が、わが手によって、内々さらに傷つき、赤面逆上した筈である。

もとより、これらは、彼自身がその作中にも言っている通り、現に眼前の人へのサービスに、ふと、言ってしまうだけのことだ。それぐらいのことは、同様に作家たる友人連、知らない筈はないが、そうと知っても不快と思う人々は彼から離れたわけだろう。

然し、太宰の内々の赤面逆上、自卑、その苦痛は、ひどかった筈だ。その点、彼は信頼に足る誠実漢であり、健全な、人間であったのだ。

だから、太宰は、座談では、ふと、このサービスをやらかして、内々赤面逆上に及ぶわけだが、それを文章に書いてはおらぬ。ところが、太宰の弟子の田中英光となると、座談も文学も区別なしに、これをやらかしており、そのあとで、内々どころか、大ッピラに、赤面混乱逆上などと書きとばして、それで当人救われた気持だから、助からない。

太宰は、そうではなかった。もっと、本当に、つつましく、敬虔で、誠実であったのである。それだけ、内々の赤面逆上は、ひどかった筈だ。

そういう自卑に人一倍苦しむ太宰に、酒の魔法は必需品であったのが当然だ。然し、酒の魔術には、フツカヨイという香しからぬ附属品があるから、こまる。火に油だ。

料理用の酒には、フツカヨイはないのであるが、魔術用の酒には、これがある。精神の衰弱期に、魔術を用いると、淫しがちであり、ええ、ままよ、死んでもいいやと思いがちで、最も強烈な自覚症状としては、もう仕事もできなくなった、文学もイヤになった、これが、自分の本音のように思われる。実際は、フツカヨイの幻想で、そして、病的な幻想以外に、もう仕事ができない、という絶体絶命の場は、実在致してはおらぬ。

太宰のような人間通、色々知りぬいた人間でも、こんな俗なことを思いあやまる。ムリはないよ。酒は、魔術なのだから。俗でも、浅薄でも、敵が魔術だから、知っていても、人智は及ばぬ。ローレライです。

太宰は、悲し。ローレライに、してやられました。

情死だなんて、大ウソだよ。魔術使いは、酒の中で、女にほれるばかり。酒の中にいるのは、当人でなくて、別の人間だ。別の人間が惚れたって、当人は、知らないよ。

第一、ほんとに惚れて、死ぬなんて、ナンセンスさ。惚れたら、生きることです。

太宰の遺書は、体をなしていない。メチャメチャに酔っ払っていたようだ。十三日に死ぬことは、あるいは、内々考えていたかも知れぬ。ともかく、人間失格、グッドバイ、それで自殺、まア、それとなく筋は立てておいたのだろう。内々筋は立ててあっても、必ず死なねばならぬ筈でもない。必ず死なねばならぬ、そのような絶体絶命の思想とか、絶体絶命の場というものが、実在するものではないのである。

彼のフツカヨイ的衰弱が、内々の筋を、次第にノッピキならないものにしたのだろう。然し、スタコラ・サッちゃんが、イヤだと云えば、実現はする筈がない。太宰がメチャメチャ酔って、言いだして、サッちゃんが、それを決定的にしたのであろう。

サッちゃんも、大酒飲みの由であるが、その遺書は、尊敬する先生のお伴をさせていただくのは身にあまる幸福です、というような整ったもので、一向に酔った跡はない。然し、太宰の遺書は、書体も文章も体をなしておらず、途方もない御酩酊に相違なく、これが自殺でなければ、アレ、ゆうべは、あんなことをやったか、と、フツカヨイの赤面逆上があるところだが、自殺とあっては、翌朝、目がさめないから、ダメである。

太宰の遺書は、体をなしていなすぎる。太宰の死にちかいころの文章が、フツカヨイ的であっても、ともかく、現世を相手のM・Cであったことは、たしかだ。もっとも、「如是我聞」の最終回（四回目か）は、ひどい。ここにも、M・Cは、殆どいない。あるものは、グチである。こういうものを書くことによって、彼の内々の赤面逆上は益々ひどくなり、彼の精神は消耗して、ひとり、生きぐるしく、切なかったであろうと思う。然し、彼がM・Cでなくなるほど、身近かの者からカッサイが起り、その愚かさを知りながら、ウンザリしつつ、カッサイの人々をめあてに、それに合わせて行ったらしい。その点では、彼は最後まで、M・Cではあった。彼をとりまく最もせまいサークルを相手に。

彼の遺書には、そのせまいサークル相手のM・Cすらもない。

子供が凡人でもカンベンしてやってくれ、という。奥さんには、あなたがキライで死ぬんじゃありません、とある。井伏さんは悪人です、とある。

そこにあるものは、泥酔の騒々しさばかりで、まったく、M・Cは、おらぬ。

だが、子供が凡人でも、カンベンしてやってくれ、とは、切ない。凡人でない子供が、彼はどんなに欲しかったろうか。凡人でも、わが子が、哀れなのだ。それで、いいではないか。

太宰は、そういう、あたりまえの人間だ。彼の小説は、彼がまッとうな人間、小さな善良な健全な整った人間であることを承知して、読まねばならないものである。

然し、子供をただ憐れんでくれ、とは言わずに、特に凡人だから、と言っているところに、太宰の一生をつらぬく切なさの鍵もあったろう。つまり、彼は、非凡に憑かれた類の少い見栄坊でもあった。その見栄坊自体、通俗で常識的なものであるが、志賀直哉に対する「如是我聞」のグチの中でも、このことはバクロしている。

宮様が、身につまされて愛読した、それだけでいいではないか、と太宰は志賀直哉にくッてかかっているのであるが、日頃のM・Cのすぐれた技術を忘れると、彼は通俗そのものである。それでいいのだ。通俗で、常識的でなくて、どうして小説が書けようぞ。太宰が終生、ついに、この一事に気づかず、妙なカッサイに合わせてフツカヨイの自虐作用をやっていたのが、その大成をはばんだのである。

くりかえして言う。通俗、常識そのものでなければ、すぐれた文学は書ける筈がないのだ。太宰は通俗、常識のまッとうな典型的人間でありながら、ついに、その自覚をもつことができなかった。

《不良少年とキリスト（より）》

＊

人間をわりきろうなんて、ムリだ。特別、ひどいのは、子供というヤツだ。ヒョッコリ、生れてきやがる。

不思議に、私には、子供がない。ヒョッコリ生れかけたことが、二度あったが、死んで生れたり、生まれて、とたんに死んだりした。おかげで、私は、いまだに、助かっているのである。全然無意識のうちに、変テコリンに腹がふくらんだりして、にわかに、その気になったり、親みたいな心になって、そんな風にして、人間が生れ、育つのだから、バカらしい。

人間は、決して、親の子ではない。キリストと同じように、みんな牛小屋か便所の中かなんかに生れているのである。

親がなくとも、子が育つ。ウソです。

親があっても、子が育つんだ。親なんて、バカな奴が、人間づらして、親づらして、腹がふくれて、にわかに慌てて、親らしくなりやがった出来損いが、動物とも人間ともつかない変テコリンな憐れみをかけて、陰にこもって子供を育てやがる。親がなきゃ、子供は、もっと、立派に育つよ。

太宰という男は、親兄弟、家庭というものに、いためつけられた妙チキリンな不良少年であった。

生れが、どうだ、と、つまらんことばかり、云ってやがる。強迫観念である。そのアゲク、奴は、本当に、華族の子供、天皇の子供かなんかであればいい、と内々思って、そういうクダラン夢想が、奴の内々の人生であった。

太宰は親とか兄とか、先輩、長老というと、もう頭が上らんのである。だから、それをヤッツケなければならぬ。口惜しいのである。然し、ふるいついて泣きたいぐらい、愛情をもっているのである。こういうところは、不良少年の典型的な心理であった。

彼は、四十になっても、まだ不良少年で、不良青年にも、不良老年にもなれない男であった。不良少年は負けたくないのである。なんとかして、偉く見せたい。クビをくくって、死んでも、偉く見せたい。宮様か天皇の子供でありたいように、死んでも、偉く見せたい。四十になっても、太宰の内々の心理は、それだけの不良少年の心理で、そのアサハカなことを本当にやりやがったから、無茶苦茶な奴だ。

文学者の死、そんなもんじゃない。四十になっても、不良少年だった妙テコリンの出来損いが、千々に乱れて、とうとう、やりやがったのである。

まったく、笑わせる奴だ。先輩を訪れる、先輩と称し、ハオリ袴で、やってきやがる。不良少年の仁義である。礼儀正しい。そして、天皇の子供みたいに、日本一、礼儀正しいツモりでいやがる。

芥川は太宰よりも、もっと大人のような、利巧のような顔をして、そして、秀才で、おとなしくて、ウブらしかったが、実際は、同じ不良少年であった。二重人格で、もう一つの人格は、ふところにドスをのんで縁日かなんかぶらつき、小娘を脅迫、口説いていたのである。

文学者、もっと、ひどいのは、哲学者、笑わせるな。哲学。なにが、哲学だい。なんでもありゃしないじゃないか。思索ときやがる。

ヘーゲル、西田幾多郎、なんだい、バカバカしい。六十になっても、人間なんて、不良少年、それだけのことじゃないか。大人ぶるない。冥想ときやがる。

何を冥想していたか。不良少年の冥想と、哲学者の冥想と、どこに違いがあるのか。持って廻っているだけ、大人の方が、バカなテマがかかっているだけじゃないか。

芥川も、太宰も、不良少年の自殺であった。

不良少年の中でも、特別、弱虫、泣き虫小僧であったのである。腕力じゃ、勝てない。理窟でも、勝てない。そこで、何か、ひきあいを出して、その権威によって、自己主張をする。芥川も、太宰も、キリストをひきあいに出した。弱虫の泣き虫小僧の不良少年の手である。

ドストエフスキーとなると、不良少年でも、ガキ大将の腕ッ節があった。奴ぐらいの腕ッ節になると、キリストだの何だのヒキアイに出さぬ。自分がキリストになる。キリストをこしらえやがる。まったく、とうとう、こしらえやがった。アリョーシャという、死の直前に、ようやく、まにあった。そこまでは、シリメッレッであった。不良少年は、シリメッレッだ。死ぬ、とか、自殺、とか、くだらぬことだ。負けたから、死ぬのである。勝てば、死にはせぬ。死の勝利、そんなバカな論理を信じるのは、オタスケじいさんの虫きりを信じるよりも阿呆らしい。

人間は生きることが、全部である。死ねば、なくなる。名声だの、芸術は長し、バカバカしい。私は、ユーレイはキライだよ。死んでも、生きてるなんて、そんなユーレイはキライだよ。生きることだけが、大事である、ということ。たったこれだけのことが、わかっていない。本当は、分るとか、分らんという問題じゃない。生きるか、死ぬか、二つしか、ありやせぬ。おまけに、死ぬ方は、ただなくなるだけで、何もないだけのことじゃないか。生きてみせ、やりぬいてみせ、戦いぬいてみなければならぬ。いつでも、死ねる。そんな、つまらんことをやるな。いつでも出来ることなんか、やるもんじゃないよ。

死ぬ時は、ただ無に帰するのみであるという、このツツマシイ人間のまことの義務に忠実でなければならぬ。私は、これを、人間の義務とみるのである。生きているだけが、人間で、あとは、ただ白骨、否、無である。そして、ただ、生きることのみを知ることによって、正義、真実が、生れる。生と死を論ずる宗教だの哲学などに、正義も、真理もありはせぬ。あれは、オモチャだ。

然し、生きていると、疲れるね。かく言う私も、時に、無に帰そうと思う時が、あるですよ。戦いぬく、言うは易く、疲れるね。然し、度胸は、きめている。是が非でも、生きる時間を、生きぬくよ。そして、戦うよ。決して、負けぬ。負けぬとは、戦う、ということです。それ以外に、勝負など、ありやせぬ。戦っていれば、負けないのです。決して、勝てないのです。人間は、決して、勝ちません。ただ、負けないのだ。

勝とうなんて、思っちゃ、いけない。勝てる筈が、ないじゃないか。誰に、何者に、勝つつもりなんだ。

時間というものを、無限と見ては、いけないのである。そんな大ゲサな、子供の夢みたいなことを、本気に考えてはいけない。時間というものは、自分が生れてから、死ぬまでの間です。

大ゲサすぎたのだ。限度。学問とは、限度の発見にあるのだよ。大ゲサなのは、子供の夢想で、学問じゃないのです。

原子バクダンを発見するのは、学問じゃないのです。子供の遊びです。これをコントロールし、適度に利用し、戦争などせず、平和な秩序を考え、そういう限度を発見するのが、学問なんです。

自殺は、学問じゃないよ。子供の遊びです。はじめから、まず、限度を知っていることが、必要なのだ。

私はこの戦争のおかげで、原子バクダンは学問じゃない、子供の遊びは学問じゃない、戦争も学問じゃない、ということを教えられた。大ゲサなものを、買いかぶっていたのだ。

学問は、限度の発見だ。私は、そのために戦う。

四、夏目漱石の章

夏目漱石の人となり

夏目漱石の家には、木曜日になると門下生たちが集まり、議論や意見交換をしていた。木曜会の午後3時以降は面会自由としたため、大学で漱石の授業を受ける学生やかつての教え子、文学を志す者などが集まるようになっていたのだ。

漱石は、軽口をたたいて飄々としていることもあれば、議論を吹っ掛けた者を散々にやっつけることもあった。一方で、就職を斡旋したり、門下生の作品を雑誌社への推薦することもありと、面倒見のいい性格でもあった。

そんな門下生たちと、漱石はしきりに手紙でやりとりをしている。自身の近況報告をかねながら、悩み相談や文芸作品の評価まで、門下生のあらゆる疑問に漱石は答えた。102ページから掲載したのは、初の新聞連載作である『虞美人草』執筆時の手紙である。

一方、癇癪持ちで神経衰弱だった漱石は、ときに周囲に当たり散らすこともあった。ささいなことに腹を立て、家族を困らせることもあったが、そんな漱石をとりなして夏目家を支えたのが、妻の鏡子だ。負けん気の強かった鏡子は、時に漱石の小言に言い返し、癇癪が起きればジッと我慢。そんな生活を送りながら、子どもたちを育て上げた。

108ページからは、そんな鏡子から見た漱石の印象的な言葉を、鏡子が口述した『漱石の思い出』から引用している。

（右）夏目漱石

（下）漱石家の集合写真

医師・森成麟造の送別会の際に漱石の自宅で撮られた写真。森成は伊豆で喀血して生死の境をさまよった漱石を治療した医師。森成が東京から故郷の新潟に帰ることになると、漱石家で送別会が開かれた。

前列左から次女恒子、妻鏡子、長男純一、四女愛子、長女筆子、三女栄子、小宮豊隆。後列左から松根東洋城、森成麟造、東新、漱石、野上豊一郎、安倍能成、坂元雪鳥、野村伝四、左円鈴木三重吉、右円森田草平。

夏目漱石の手紙（より）

――『虞美人草《ぐびじんそう》』連載時の漱石

明治40（1907）年

6月21日　鈴木三重吉《すずきみえきち》あて

本日『虞美人草《ぐびじんそう》』休業。肝癪《かんしゃく》が起《おこ》ると妻君《さいくん》と下女の頭を正宗の名刀でスパリと斬ってやり度《た》い。然《しか》し僕が切腹をしなければならないからまず我慢する。そうすると胃がわるくなって便秘して不愉快でたまらない。僕の妻は何だか人間のような心持ちがしない。《下略》

六月二十一日

金

三重吉様

＊読みやすさを考慮して句読点をうった箇所があります。

鈴木三重吉

（1882〜1936）漱石の門下生。小説家・児童作家として活躍する。漱石に推薦で『ホトトギス』に掲載された『千鳥』が評価された。漱石に長文の熱のこもった手紙を送ったことでも知られる。

7月19日　小宮豊隆《こみやとよたか》あて

《中略》『虞美人草』は毎日かいている。藤尾《ふじお》という女にそんな同情をもってはいけない。それは嫌な女だ。詩的であるが大人しくない。徳義信が欠乏した女である。あいつを仕舞《しまい》に殺すのが一篇の主意である。うまく殺せなければ助けてやる。然し助かれば猶々《なおなお》藤尾なるものは駄目な人間になる。最後に哲学をつける。この哲学は一つのセオリーである。僕はこのセオリーを説明する為《た》めに全篇をかいているのである。だから決してあんな女をいいと思っちゃいけない。小夜子という女の方がいくら可憐だか分りやしない。――『虞美人草』はこれで御仕舞《おしまい》。《下略》

七月十九日

金

豊隆様

7月23日　野間真綱《のままさつな》あて

暑いのに牛込まで通うのは難義だなどというのは不都合だ。口を糊す

小宮豊隆
（1884〜1966）
漱石の門下生。ドイツ文学者となり、東北大学教授、東京音楽学校（現・東京藝術大学音楽学部）校長などを務めた。漱石との付き合いは長く、門下生代表であると自負していた。

藤尾
『虞美人草』に登場する女性。奔放な性格の悪女として描かれている。

小夜子
『虞美人草』に登場する女性。藤尾とは対称に、奥ゆかしく、善良な女性として描かれている。

るに足を棒にして脳を空にするのは二十世紀の常である。不平などをいうより二十世紀を呪詛する方がよい。

夫婦は親しきを以て原則とし親しからざるを以て常態とす。君の夫婦が親しけ［れ］ば原則に叶う、親しからざれば常態に合す。いずれにしても外聞はわるい事にあらず。

君の事を心配したからというて、感涙などを出すべからず。僕はむやみに感涙などを流すものを嫌う。感涙などを云々するは新聞屋が陛下の徳を讃し奉る時に用いるべき言語なり。

僕は君に世話がして上げたくても無能力である。金は時々人が取りに来る。有るものは人に借すが僕の家の通則である。遠慮には及ばず。結婚の費用を皆川の様《よう》な貧乏人に借りるのは不都合である。

細君は始めが大事也。気をつけて御し玉え。女程いやなものはなし。どこかへ遊びに行きたいが『虞美人草』をかいてしまうまでは動き度《たく》ない。

野村には一向逢わない。毎日客がくる。

君は気が弱くていけない。一所になって泣けば際限のない男である。

野間真綱（1878〜1945）漱石の門下生。大学で漱石の講義を受けていた。陸軍士官学校などで英語講師を務めたのち、七高教授。

ちとしっかりしなければ駄目だよ。頓首。

七月二十三日　　金

真綱様

8月6日　小宮豊隆あて

豊隆先生　僕の小説は八月末には書き上げるだろうと思うから九月早々出て来たまえ。旅行は多分やめるだろう。小説をかいて仕舞《しま》わないと雑誌さえ読む気にならん。旅行などは来年に延ばして仕舞う。あの小説をかいているうちは腹のなかにカタマリがあって始終気が重い。妊娠の女はこんなだろう。

　僕が洋行して帰ったらみんなが博士になれ博士になれと云った。新聞屋になってからそんな馬鹿を云うものがなくなって近来晴々した。世の中の奴は常識のない奴ばかり揃っている。そうして人をつらまえて奇人だの変人だの常識がないのと申す。御難《ごなん》の至《いたり》である。ちと手前共《ども》の事を考えたらよかろうと思うがね。あんな御目［出］度奴は夏の蛍同様尻が光ってすぐ死ぬ許《ばかり》だ。そうして分りもしないのに『虞美人草』の批評なんかしやがる。『虞美人草』はそんな凡人の為めに書いているんじゃない。博士以上の人物即ち吾党《わが》の士の為めに書いているんだ。なあ君。そうじゃないか。

《中略》今日は坐っていても汗が出る。中々あつい事だ。僕の嫌な蝉の声がする。花壇にはまだ花が咲いている。不思議なものだ。僕も小説家としてもう少しの間は大丈夫だ。博士にならなければ飯が食えないと思うものに好例を示してやる。

八月六日

金

豊隆様

8月16日　中村蓊《しげる》あて

昨日は暑中見舞の書状難有《ありがたく》拝見、杉村氏帰京にて御多忙の事と推察致候。

小生未《いま》だ小説を脱稿せず。百回でやまざる故どこまで行くか夫子《ふうし》自身

中村蓊

（1881〜1952）漱石の門下生。小説家・心理学者。古峡（こきょう）の名で知られる。1907年に大学を卒業すると、漱石の紹介で朝日新聞社に入社していた。

Penelope's web

進行しているようで、決して終ることのない仕事のこと。ピネラピー（ペー

心元なし。Penelope's webと申す事あり。永劫に『虞美人草』攻《ぜめ》となる了箇《りょうけん》なり。

細民はマナ芋を薄く切って、夫《そ》れに敷割《しきわり》などを食って居る由。芋の薄切は猿と択《えら》ぶ所なし。残忍なる世の中なり。而《しか》して彼らは朝から晩まで真面目に働いている。

岩崎の徒を見よ!!!

終日人の事業の妨害をして（否企てて）そうして三食に米を食っている奴等もある。漱石子の事業はこれ等《ら》の敗徳漢を筆誅するにあり。天候不良也。脳巓《のうてん》異状を呈してこの激語あり。蓊先生願くは加餐《かさん》せよ。以上。

八月十六日

夏目金之助

中村蓊様

ネロペイア）の織物。ピネラピーはホメロスの『オデュッセイア』の登場人物。夫オデュッセイアの遠征中、多くの求婚者に義父の棺衣を織りあげたら求婚に応じると答え、昼間は織り、夜はほどく毎日をくりかえして最後の三年間を過ごした。

敷割
大麦をあらびきした、ひきわり麦のこと。『漱石全集』の解説には、「ヒとシと発音の誤りやすい東京人の言葉癖から、こう書いたものか」とある。

岩崎の徒
三菱の創業家である岩崎家のこと。巨利を得た企業家をさして漱石はこの言葉を使うことがあった。

妻・鏡子から見た漱石

――家庭における漱石の言動

お前はオタンチノパレオラガスだよ

早起きをするとぼんやりしてへまをすることがあった鏡子。そんな鏡子に向かって漱石がたびたび発したのが右の言葉。東ローマ帝国最後の皇帝コンスタンチン・パレオロガスを、「間抜け」を意味する「おたんちん」とかけている。『我輩は猫である』にも、主人公が妻に対して「オタンチン・パレオラガス」と言う箇所がある。

此奴《こやつ》は変な奴だな。亭主より余程天狗《てんぐ》の方を信頼しているんだからかなわないや

◆

占いに凝っていた鏡子に対して漱石が発した一言。漱石の癇癪がひどいときに占いに行ったことがきっかけで、鏡子には吉凶占いに行く習慣があった。迷信を信じない漱石は、占い師を「天狗」と言って笑っていた。

蒔絵《まきえ》さえしてあればいいかと思っているが、随分下品なことだ

◆

漱石は、紫檀《したん》製の調度（深い色と光沢が特徴）を好んでいた。満洲・朝鮮旅行のお土産にも、紫檀のお盆や机ばかり買っている。それを鏡子にからかわれると、お前は金で塗ったものならなんでもいいじゃないかと反論した。

愛子さんはお父さんの子じゃない。お父さんが弁天橋の下で拾って来たのだ

◆

四女愛子が6、7歳の頃、顔を見ながらこの言葉。わが子ながら不器量だとしてこう言ったが、愛子から反論されて苦笑いすることもしばしばあった。

子規て奴は穢《きたな》い奴だ

学生時代から正岡子規と親しかった漱石。下宿時代の真冬のあるとき、子規は寒さに耐えかねて火鉢を抱えてトイレに入り、用を足した。戻ってくると、その火鉢ですき焼きを食べていたという。

昔は青魚なんてものは中間下郎《ちゅうげんげろう》の喰ったもんだ

◆——自分が嫌いだった青魚をくさして。

よくあんな親父のところへ来たものだ

◆──父と馬が合わなかった漱石が、母を評して口癖のようにこう言っていた。

お前の親父は不人情だ。
おれのいうことを上の空で聞いてるが、
大方おれを気狂いだとでも思って
相手にしないんだろう

◆

癇癪と神経衰弱が激しくなると、漱石は手が付けられなくなった。鏡子の父に離縁の話を申し入れたが相手にされないと、鏡子に右のようにすごんだ。

人のことを絶えず監視して
附けねらっている。いやな奴ったらない

◆

イギリス留学時代を述懐して。当時、留学によるストレスからか、漱石は下宿の主婦姉妹を信用できず、部屋に閉じこもることがあった。こうした漱石の様子を留学仲間が本国へ伝えると、当局は心配して帰国命令を出している。

まるでお猿の親類見たいだ

温泉宿に宿泊した洋画家と若女将との交流をつづった漱石の『草枕』。この作品は、漱石の宿泊体験をもとに描かれた。ある日、若女将のモデルである前田卓が、誰もいないのを見すまして玄関前の渋柿の木に登っているのを漱石は発見。笑いながら右のように言った。

まあ、奥のを聞いて見ろ。
お湯の中で屁が浮いたような
ひょろひょろ声を出すんだから、
あれから見れば

熊本の第五高等学校に務めていた頃に、漱石は謡を始めた。鏡子に「なっていない」と言われると、同僚である奥太一郎の妻よりはましだと右のように発言。しばらくすると当人が訪れて謡を始めたため、鏡子や下女は笑いをこらえるのに必死になったという。

あんな女をいいと思ってるのか、学者なんてものは仕様のないもんだ。

◆――大学教授の大塚保治が、後妻候補に会ってほしいと漱石に持ち掛けたときのこと。会って家に帰ると、右のように大塚をくさした。「地面ばかり見て歩いて居て、どんな女がそこいらに居るもんか、まるで知らないんだろうから困っちまう」とも言ったという。

夏目先生

——弟子から見た夏目漱石

芥川《あくたがわ》 龍之介《りゅうのすけ》

始めて先生に会った時、万歳《ばんざい》と云うことを人の中で言ったことがあるか、ないかと云う話が出た。で僕は、一度もないと言った。そうしたら先生は、誰かの結婚式の時に、万歳と云う音頭《おんど》をとってくれと頼まれて、その時に言ったことがあると言われた。それからその外《ほか》に、よくは覚えていないが、二三度あると云う話であった。その時、何故万歳と云うのが言い難《にく》いんだろうと云う話になって、先生は、人の前で目立つことをするのは極《きま》りが悪いからだと言う、僕は、それもあるでしょうが、一体万歳と云う言葉が、人間が興奮して声を出す時に、フラアと云う言葉のように出ないで、万歳と云う言葉の響きが出にくいからなんだろうと言った時、それを先生は断乎《だんこ》として認めなかった。それを僕が強情に言い張るもんだから、先生は厭な顔をして黙ってしまって、僕はへこたれたことがある。それ以来、どうも先生に反感をもたれているような気がした。

《夏目先生》

＊

或時、僕が、志賀さんの文章みたいなのは、書きたくても書けないと言った。そして、どうしたらああ云う文章が書けるんでしょうねと先生に言ったら、先生は、文章を書こうと思わずに、思うまま書くからああ云う風に書けるんだろうとおっしゃった。そうして、俺もああ云うのは書けないと言われた。

＊

往来を歩いていたら、荷車の馬が車を離れて追かけて来た。で、逃げ出してよその家へ飛び込んだことがあるけれど、その馬は自分を本当に追かけたのか、外の人を追かけたのか、未だに分らないと言われたことがあった。

＊

正岡子規が「墨汁一滴」だか何かに、先生と一緒に早稲田あたりの田圃を散歩していた時、漱石が稲を知らないで驚いたと云うことを書いている。そうして先生とその話が出たことがあった。そうしたら先生が言うのには、いや俺は、米は田圃に植えるものから出来ることは知っている、田圃に植《うわ》って居るものが稲であると云うことも知って居る、唯、稲——目前にある稲と米との結合が分らなかっただけだ。正岡はそこまで論理的に考えなかったんだと、威張って居られた。

＊

或る晩のこと、みんなが先生に猛然として、論戦を吹かけた。僕は何とも思わなかったけれども、久米が気にして、あんなに先生に戦を挑んでいいのだろうかと小宮さんに聞いた。そうしたら小宮さんが、先生はあれが得意なんだと言った。皆に食ってかからせて蹴ちらすのが好きなんだと言った。

＊

エリシエエフ君が先生に、先生の物を翻訳するのに、「庭に出た」と云うのと、「庭へ出た」と云うのと、どこが違うかと言ったら、先生は、俺も分らなくなっちゃったと言って居られた。

＊

タガヤサンのステッキの話。鈴木さんが、先生の小説の中にあるタガヤサンのステッキの話を見て、タガヤサンは堅い木で、とてもステッキなんかに切れる木ではないと言ったら、先生が真面目な顔で、でも今は鉄でさえ切れる機械があるのに、タガヤサンの木が切れない筈はないと言った。

＊

安井曾太郎の画を見て、先生は細かさが丁度俺に似て居ると言われた。

＊

先生は一寸《ちょっと》したことでもよくおこつた。僕が一ぺんこう云う話をした。人から聞いた話で、高楠順次郎が、夏目さんなんか大学に居るよりも、外へ出て作家になった方がよかった人だと云うことを言って居たと云う話をしたら、先生は忽《たちま》ちムッとして、俺に言わせれば高楠こそ大学に居ない方がいいんだと言った。

＊

先生が銭湯に入っていたら、傍に居た奴が水だか湯だかひっかけた。先生はムッとしてその男を取っつかまへて馬鹿野郎と言った。言ったが直ぐに後で怖くなってどうしたらいいかと思っていたら、いい幸に向うがこっちの剣幕に驚いてあやまってくれたんで、俺も助かったと言って居られた。

＊

夜、どっかに火事があって、先生、火事を見に行って帰って来たら、刑事が非常線を張って居るのに引かかってしまった。刑事が、お前はどっちから来たんだと言った。火事場の方角から言えば向うから来たに違いないのだけれども、家の方角から言えば、こっちから来たに違いない、それで家は向うを出て来たが、火事場はこっちから帰って来たんだと言ったら、刑事が兎に角そこへ待っていろと云ったから、丁度そこに材木のようなものが積んであるから、そこへかけて待って居た。そして警察へ行くのも面白いなどと考えて居る中に、又誰かが引かかって摑まって来た。そうしたら先生に、もうお前は行っても宜しいと言ったので、折角、一寸警察へ行って見たいなんて考えて居る時だったから、刑事にもう少しなんなら待って居ましょうかと聞いたら、もうよしよしと言われて帰って来た。

*

骨董を集めるのが好きで、あるものを買ったが、その字が読めなくて、聞いたら、専売特許と云う字だった。

*

たしか正月だったと思うけれど、先生のお膳に栗が付いて居た。先生は糖尿病で甘いものは何も食えないのだ。所が先生、その栗を食いながら、僕の家内はね、甘い物と云えば菓子だけだと思っているんだよ、外のものならかまわないと思ってるんだよって、首を縮めて食って居た。

*

島崎柳塢《りゅうう》の話。

*

先生はロダンを山師《やまし》だと云い、モオパスサンを巾着《きんちゃく》切りみたいな奴だと言っていた。

五、菊池寛×文藝時代の章

菊池寛の文藝春秋に怒り

菊池寛《きくちかん》は、作家であると同時に出版社の経営者であった。「恩讐の彼方へ」などで人気を集めたのち、若手作家を発掘するために文藝春秋社を設立。雑誌『文藝春秋』を舞台に川端康成、横光利一《よこみつりいち》ら新進作家を世に送り出し、文壇の新しい潮流をつくった。

そんな菊池に影響されてか、文藝春秋の同人であった川端らも、自分たちの雑誌を創刊したいと望むようになっていく。川端は菊池寛から許可をとりつけ、新雑誌『文藝時代』の創刊を発表。既存の文学にとらわれず、新しい時代の作品を生み出すことめざした。

この新雑誌創刊の話を受けて、菊池は『文藝春秋』同人を解散し、『文藝時代』に書き手が集まりやすいよう配慮した。だが、これが文壇に様々な憶測を呼ぶことになる。菊池と若手作家が対立したのではないかと勘ぐられ、対立を煽る記事が出始めたのだ。

そんな中、『文藝春秋』に掲載された記事がきっかけで事件が起きる。若手作家をからかう内容に、横光利一と今東光《こんとうこう》は激怒。横光は抗議文を読売新聞に送付し、今も『新潮』に「文藝春秋の無礼」と題する文を送った。

横光の抗議文は川端のとりなしもあって掲載前に撤回されたが、今の抗議文はそのまま掲載された。これに対して菊池も『新潮』に「小人邪推」を発表して今を非難し、対立を深めることになった。

（上）菊池寛と「文藝時代」の同人たち

東北地方へ講演に行った際に撮られた写真。左から菊池寛、川端康成、片岡鉄兵、横光利一、池谷信三郎。

（下段左）直木三十五、（下段右）今東光

直木は「文壇諸家価値調査表」の制作者。当時は「直木三十三」と称していた。

「文壇諸家価値調査表」(『文藝春秋』大正13年11月号掲載のものを元に作成)

製作したのは、直木三十三(のちの直木三十五)。

雑誌掲載時に制作者の名前は記されていなかった。

《文壇諸家価値調査表》

文壇諸家価値調査表

大正十三年十月末現在
例により誤植多かるべし

六十点以上及第
六十点以下五十点までを仮及第
八十点以上優等

人名＼種類	学殖	天分	修養	度胸	風采	人気	資産	腕力	性欲	好きな女	未来
芥川龍之介	九六	九六	九八	六二	九〇	八〇	骨とう	〇	二〇	何んでも	九七
有島生馬	五二	六〇	八三	七三	九三	三〇	土地と家	七〇	七八	素人	七二
泉鏡花	三八	九九	六五	一〇	六二	七〇	三千円	一	六〇	娼妓	八〇
犬養健	六七	六二	八七	五	九一	七五	親爺	六七	九〇	令嬢	八五
伊藤貴麿	七三	八六	四二	三一	八七	三五	親爺	七八	九六	娘	八二
宇野浩二	七五	八九	七六	七六	頭を除く八九	七八	芸者	六六	〇	芸者	八五
葛西善蔵	四六	八〇	二〇	九〇	八六	四一	酒	九二	八〇	向いの娘	七二
加藤武雄	五一	四八	六〇	七八	七一	五九	主婦之友	八一	八八	何んでも	六七
金子洋文	四九	四九	七五	七六	七三	六二	遊泳術	八五	八九	同	六六
加能作次郎	六二	五二	八八	六七	六八	六一	神楽坂	六〇	七〇	芸者	六四
川端康成	七八	六七	八五	七〇	六〇	三九	文学士	六一	八八	何んでも	七二
片岡鉄兵	六九	七四	七六	七三	八六	六八	月評	五二	六六	妻君（人の）	七九
久保田万太郎	七六	七〇	九七	六五	二一	七〇	遅筆	六七	八〇	女中	六七
久米正雄	八九	八九	八六	六〇	七九	九五	艶子	八八	九八	お酌	九〇
小島政次郎	九二	二一	七九	七二	七八	一〇	講師と愛妻	七〇	九六	妻	四三
今東光	八一	六〇	五二	八七	九二	四八	不良性	一〇〇	九二	女優	七七
佐々木味津三	七三	六八	六七	九六	六三	六二	苦楽と直木	七二	七二	金のかからぬ女	七六
岡茂索	六九	七八	七八	八六	九五	七九	美貌	七二	八九	妾（人の）	八七
里見弴	八二	九五	九九	七〇	九九	九〇	子供	六七	七五	玄人	九八

人名＼種類	学殖	天分	修養	度胸	風采	人気	資産	腕力	性欲	好きな女	未来
十一谷義三郎	六二	六四	六九	七〇	七八	四一	友人	七〇	八〇	娘	七二
志賀直哉	七一	八九	九七	六〇	九〇	九〇	不発表	八九	九〇	吉原の	九〇
田中純	七八	六六	八〇	九九	八八	七〇	一物	八八	一〇〇	来る女	七〇
谷崎潤一郎	七二	九五	八七	七一	七六	九六	糖尿病	七六	九六	洋装	九一
谷崎精二	八三	六〇	七八	七〇	九〇	四六	情婦	八九	七〇	不見転	五九
田山花袋	六九	五六	八五	七七	六七	五二	借家	八〇	九九	弟子	四六
近松秋江	二一	六一	七一	七八	六二	三九	妻と着物	二〇	五六	按摩	四二
徳田秋声	三九	五二	八六	七二	六五	六七	家作	五九	六七	女中	五七
豊島与志雄	七七	五八	七八	六八	七〇	六七	友人	四二	八七	／	六〇
中川与一	七一	六二	八二	六九	七八	三九	科学	六七	八八	娘	七八
長田秀雄	三二	三一	八六	九七	三〇	八	妻君	七二	九六	不良少女	一〇
直木三十三	七四	八〇	二〇	九六	八六	七八	負債	二〇	五	芸者	八〇
中戸川吉二	三八	七六	二一	八一	八〇	一〇	親爺	八〇	八九	不良少女	七〇
中村武羅夫	四一	六五	三六	九八	八二	六一	新潮	七二	七二	未定	六五
南部修太郎	〇	四九	五八	八七	九七	六	女学生	五六	八八	女学生	二六
広津和郎	六九	八〇	七九	六八	九五	七〇	手下	九〇	七〇	女給仕	七八
細田民樹	五八	六七	八二	九七	七一	五九	力作	八〇	八九	女子大学生	六一
細田源吉	五二	五九	八六	九八	七八	四〇	競争心	七二	九八	齢上の女	五八
正宗白鳥	四九	六六	九一	六六	六〇	七六	小金	三一	三二	淫売	八一
三上於菟吉	七八	七八	八〇	九七	七九	七〇	精力	八六	一〇〇	海千山千	七九
水守亀之助	四〇	六六	七六	八二	五二	五一	喧嘩	九八	七七	手軽な	五三
水上瀧太郎	六八	七二	七六	六七	八〇	三九	百万円	八二	八六	芸者	六〇
宮地嘉六	二六	四六	五二	八八	七六	四一	離婚	七四	九七	下女	四七
室生犀星	三八	七六	七七	七〇	七五	六七	女の肌	六〇	七二	不見転	七二

《文壇諸家価値調査表》

山本有三	八六	八〇	八六	八七	八一	八〇	寡(かん)作	七六	六七	お酌	七八
横光利一	七五	六〇	八九	九〇	五二	七三	菊地寛	六二	六九	娘	六六
吉田弥二郎	八一	六六	六九	九八	七八	六一	蛙とバラ	八八	七六	芸者	三九
吉井勇	七六	七二	六二	七九	八六	六五	爵位	八六	九八	お酌	六〇
岡栄一郎	七九	七九	二〇	六六	七六	五八	怠惰	七二	八二	娼妓	七九
小川未明	三一	六二	七七	八九	六八	一六	鉄道線路	六八	八〇		三二
武者小路実篤	六八	九二	九五	六二	六三	八〇	女二人	五二	九〇	素人	九二
倉田百三	七二	四六	八九	九九	九八	七九	病気	一〇	一〇〇	女学生看護婦	七〇
菊地寛	八九	八七	九八	六九	三六	一〇〇	二十八万円	七二	六八		九六
中村吉蔵	八三	三一	七五	九二	八九	一六	沢田正二郎	七九	八八	女優	一〇
前田河広一郎	二六	四七	八二	八八	七六	二二	文藝春秋	八八	八七	淫売	二五
藤井真澄	四〇	四五	八六	八九	五八	一八	表現派	八六	八六	同	二〇
藤森淳三	六	一六	四一	九九	七〇	三六	元気	六八	七〇	女学生女絵師	三六
藤森成吉	七二	三八	七八	六一	九二	四九	熱血	九一	五二	妻君	六〇
佐藤春夫	六六	九〇	八九	七一	八七	八二	ネクタイ	五〇	四九	芸者	九〇
小山内薫	九二	三一	三六	八九	九八	一一	本	七八	五八	同但洋装	二〇
上司小剣	四六	六七	七二	九六	六六	五六	貯金帳	六二	六二	事務員	一八
柳原燁子	二	五二	六	九七	九六	七一	改造	五六	八七	龍介	〇
長谷川時雨	五一	六〇	三二	七六	五〇	七	三上於菟吉	六二	三〇	於菟吉	一
野上弥生子	六〇	七五	七八	八八	七〇	六八	中央公論増刊	八六	七六		三〇
中条百合子	七二	七三	八一	八二	六五	六〇	火消壺	八八	九九	夫	二〇
鷹野つぎ	六二	七〇	七七	八七	六〇	四二	不別嬪	六二	四二		二
大橋房子	七四	六二	六七	九七	七〇	三六	独身	五〇	八九	茂索耕作	三
宇野千代	三二	六七	七一	八八	五二	五八	女流作家少い事	七六	八六	尾崎士郎	一〇
九条武子	一〇	一八	一六	一〇〇	九九	一六	信徒	三〇	七〇		〇

文藝春秋の無礼（より）

——菊地寛へ怒り心頭に発する

今《こん》東《とう》光《こう》

　僕は何のためにわざわざ「文藝時代」に就いて二度までも読売新聞に、その弁明を縷説《るせつ》したか。そうして新潮の展望台を藉《か》りて、何がためことごとしく「文藝春秋」の光輝ある同人でないということを確言したか。

　必ずしも私の意は、吾等の同時代の魂が、その内在的なものといよいよ深く相い結んだ経路を語ったのではない。しかしながら僕が『人生を嘗《な》める舌』なる一文を草し、限りなく吾等の結集の重い因縁を説いたのは単に、菊池寛に反いたという世評に対する解嘲《かいちょう》であったのだ。けれども僕の弁明が幾分か逃避的であったは掩《おお》うべからざる事実であるが、僕のこの遠慮は、忌憚なく言う時に菊池寛に対する個人的のメモリイが未《いま》だ僕に生々しかったからである。

　一個の菊池寛に対しては更に言うべきことの限りないものを持っている。けれども「文藝春秋」の編集者としての菊池寛は、驚くべき文学の魔法を使って、黄表紙として成功させたに過ぎないのだ。何故なら「春秋」の編集者としての菊池寛は、更に野心に富んでいて文学

《文藝春秋の無礼（より）》

的ではなかったからで、勇敢な、然し非常識な小雑誌「文藝春秋」を、彼はまことに生命保険の勧誘員にふさわしい努力を以て、それにかかずらった。何人も僕をはじめ、数人の人々を「文藝春秋」が生んだ文士だと思っている。或《あるい》は然《しか》らん。しかしながら誰が遂に、僕等が黄表紙としての「文藝春秋」と終始するものだと言い得るものがあろう。若し果して吾々が「春秋」の生んだエクリヴアンとするのに憚らないならば、それゆえに当然、他の道まで進んでゆくものであることを想像してくれなくては困る。

それゆえに、いつか一度、私は春秋社の同人会で、「文藝春秋」を独立さして、僕等がその編集の当事者になることを提言した。けれどもこの約束は菊池寛一個の了見で左右されて仕舞った。僕が単独でも、他に道を開拓しようと思った所以である。

《中略》日々、春秋社に寄集する大たわけ、一人で喧嘩の出来ない奴、鼻毛を読みながら生きている四十男、才能のない文学狂、それらの中に座して、恰《あたか》もユーゴーを気取る菊池寛が、憂鬱にならないで嬉々としているならは、(ママ)余は彼の神経の有無を疑うのだ。そうして無能な彼等は御主大事とばかりに、ガイサイの恨みを僕に含んでいることは、恰も外道の逆恨みとでも謂《い》いつべきである。

それはさて、「文藝春秋」の九月号を見ると恒例として並べる同人の顔触れがない。菊池寛は鬼の首でも取った気で、若しくは此所で仇を報ぜずんばあるべからずとでもいう意気で、同人を解散した。それは江戸の仇を長崎で打っていの迂愚極《うぐきわま》るものではないか。

而して春秋は、やにッこい筆つきで新進作家無能を叫び出した。余はこのていたらくを見て、菊池寛のためにその狭量を惜しんだのだ。

即ち、若し本当に彼が戦術家ならば、同人はそのまま存置《そんち》しておくのだ。すると期せずして「文藝時代」は尚「文藝春秋」の延長になるところだったのだ。僕はまったく、九月で厄病神から脱《のが》れたと思っている（これは先方でも同様の気持ちだろう）。その上に、尤《もっと》も信頼していると世間も認め、自らも認めている、横光と川端とが、懇々と誤解のないようにと言った言下で、この横道を披瀝してみせることは、横光や川端に対しても衷心恥《はじ》ることはないだろうか。

吾等は時にとって尾生《びせい》の信《しん》を笑えない時がある。笑えないばかりではない。能《あた》うべくんば尾生の如く生きたいものだ。余はこの故に菊池寛の狭量を悲しむものである。

春秋子は、十月の語録で、今の新進作家は、この人に書いてもらいたいではなくして、あれにでも書かせてみようという位だなどと言っている。僕はこれが無名作家の日記の著者と同一でないことを祈るものだ。大家になると何でも言い得るのではない。それならば吾等の五年後を見よと言いたいのだ。これに類する口舌は枚挙に遑がない。

一見、菊池寛の態度は見事である。同人をずばりと解散し、外にあっては独立党の数名が、それに就いての弁明を書いているに拘わらず、春秋子は新進作家の無能を存分に指導するのだ。この戦争じゃ負だ。

しかしその背後に今まで、轡《くつわ》を嵌《は》められている男のあることを忘れてはならない。実際、僕はこの卑怯な菊池寛の態度を憎んだ。川端康成や中河与一に、誤解をとくようにと書かせておいて、てめえは勝手なことをほざいているのだ。片岡鉄兵と横光利一とが僕をなだめたのでなくば、僕は疾《と》くに敵の戦法を観破したことを言ってやれたのだ。この我慢も、あるいは人生を背める好い味であった。併《しか》し苦い味だったが。

ところが十一月の「文藝春秋」の文士採点表は、ありゃ何だ。あの原稿は単に人を侮蔑し、人格を毀損《きそん》するためにのみ役立っているのだ。

「文藝春秋」に執筆する文人よ。あなた方は右の採点表を従来の文壇川柳とか、やれ見立とか、などと同じい性質のものだと思ってはならないのだ。よく心を留めて見給え。よく注意して御らんなさい。

この決定的な、この上思い上がった、そうしてこの非常識。

聞くところによると、この原稿は可成《かな》り以前に春秋社にあったものだそうだ。そうしてこの表を見ると、決して一人の作でないことを考え得るだろう。誰がこの恥ずべき発案者であろう。そうして誰がこの愚かなる採点者であろう。菊池寛がこの原稿を採用しなかったのは、この表が多分に人を傷けるものであることを知っていたからであろう。そうして吾吾《われわれ》が分離した形になったので、さて吾々の名誉を毀傷するために企てられたのであろう。

この原稿が掲載されると同時に、菊池寛は『ゴシップ本能は、人間の必要な本能の一つである。人間が二人集まれば、会話の三分の二まで人の噂である』と書いている。

しかし私に言わしめると、人のゴシップで話の花を咲かすのは、よくよく平凡な、よくよく賤しむべき新聞記者根性か、ポンチの酒袋のような裏長屋の女房根性かである。菊池寛自身が『近時の文芸欄が、楽屋落的であり、ゴシップ的であり、仲間的であることは、いよいよ文芸欄の一般的価値を減じているのではないか』と言いながら、ゴシップの問屋でおさまっているのではないか。それも好い。人格を無視して、人の名誉を徒《いたず》らに損《そこな》って快をやるくらいなら、一層コウタリイであることの方が、どれほど美しいかしれないのだ。

それが、まさかわからない菊池寛だとは思わない。ただ、彼が私欲に眼がくらんで、傍の烏天狗のおもちゃになっているなら、文壇の北条高時よ、御身はもう衰亡の秋を自覚すべきである。

「文壇諸家価値調査表」を披見するに、学殖、天分、修養、度胸、風采、人気、資産を論ずるは未だしもである。腕力を言い、性欲に及び好きな女とは言語に絶する無礼ではないか。

総じて、これは媚びへつらい、既成作家に高点を与え、新人に点の辛いのは何を物語るか。

《文藝春秋の無礼（より）》

若し、はじめこの雑誌を手にとり、この表に見及んだ未知の人には、悉くこの評価を信憑するだろうか。これは疑わしく、然して考えなければならないことだ。いつぞやの「文壇売立」のときに、問い合わせすらあったことも、まるで嘘のような本当である。況《いわ》んやこの決定的な価値判断が、謬妄《びゅうもう》をこそ生ずれ、好い結果を導くとは考えられない。譬《たと》えば

芥川龍之介は天分九六で、未来は九七だとか。

宇野浩二は資産が芸者で、性欲が〇で、未来が八五だとか。

葛西善蔵は修養は二〇だとか。

何だか例を引くさえ不愉快だ。もう止そう。僕は僕のみの怒りに終始出来ないのだが。それゆえに心ある人士は、この舌を出して、唾をひっかけるていの、憎悪すべき非礼と侮蔑にあまんじられないならば、宜しく須《すべか》らく「文藝春秋」に執筆しないことだ。僕は他日稿を改めて「文藝春秋」の功過に言い及びたい。

小人邪推

——今東光の怒りに真っ向から対抗

菊池　寛

自分は、「文藝春秋」対「文藝時代」の問題については、何事も云わないつもりでいた。この事に就《つい》ては、積極的に何事もしていない自分が、一言も云う必要を認めなかったからである。只《ただ》、小人邪推を逞《たくまし》うし、自分を誣《し》いるに至ったから、止むを得ず弁解して置こう。「文藝時代」の創刊は、彼等に取っては当然の行動であり、必然のうごき方であろう。「文藝春秋」は、彼等同人の「文藝春秋」である前に、先《ま》ず菊池寛の「文藝春秋」であり、「侏儒《しゅじゅ》の言葉」の「文藝春秋」であり、直木三十三の「文藝春秋」であった。殊に自分が、独裁を振っていたから年少気鋭の同人が、他に自由の新天地を、憧憬するのは、当然である。自分は、彼等に新雑誌創刊の企てであるを知るや、自分にとっては、やや寂しき必然として委細を問わず承諾したつもりである。殊に、自分との情誼《じょうぎ》を重んずる一、二の同人は「貴下が不賛成ならば自分は加入を拒絶する」とまで、云ってくれた。だが、自分には、賛成不賛成を考える余地はなかった。川端が了解を求めに来た時、あまりに軽く一諾し去った為に、現「文藝時

《小人邪推》

代」同人某氏の如きは、「もっとお考えになっては」と、注意してくれた程である。だが、自分には考える余地がなかった。

何すれぞ、一今東光に対して、鬱憤を洩すが如き醜態を敢てするものぞ。今東光に対して自分が、不快を感じた理由は、他に厳存する。今東光は、十月の展望欄で、文藝講座の編集を賤業と罵しっている。孰くんぞ知らん、彼は「文芸講座」の計画に参与した一人であり、しかも編集に当ることを提言した男である。自分は、彼の提言をも信じて、計画を実行した。然るに彼は自ら引き受け約束した講師訪問の仕事を果さざるのみか、僕達が三伏の暑中に宣伝編集の労に服しているとき、独り涼を追うて山野にあり、秋冷と共に都門に帰って、恬然として自分を訪うた。無責任な彼の行動に対して、自分がいい顔をしないのは、当然ではないか。しかも、彼自身に対する僕の特別な不快を、「文藝時代」に対する僕の鬱憤だと曲解せんとするに至っては沙汰の限りである。自家面上の瑕を、自分の顔の映った鏡の瑕だと思うに至っては、小人身を恨まず天を恨むるの類である。わずか、四ヶ月前に自ら当らんとした編集の任務を、賤職と罵しり去るが如きデタラメな無恥を敢てする男だから、彼の糞中尚「文藝春秋」で喰らった粟臭あるに拘わらず、「文藝春秋」の悪口を云うが如き、朝飯前の事であろう。「文藝春秋」の誌風は創刊以来変《かわ》っていない、何故自ら慊《あきた》らざる「文藝春秋」に、一年半寄食したか。いかにも気節の士らしく振舞う彼としては、腹を切っても償えないほどの妥協ではないか。

自分が、川端、中河を箝口《かんこう》し、僕だけが新進作家の悪口を云う云々など、雑言も甚だしい。「文藝時代」の創刊について、自分は痛くない肚をさんざん探ぐられた。殊に、横光、川端、中河、佐々木などと、感情上の乖離があるなどと思われたことは、心外千万の事である。今などが、「文藝時代」創刊に依って、初めて自分と接近したとは異り、彼等とは「文藝春秋」以来数年に溯っての友情である。無論芸術的には自分に私淑している訳でもなく、又芸術的には自分が彼等を無条件に認めている訳ではない。ただ、先輩後輩としての親誼は、今東光などと数段の差違があるのだ。自分と彼等との感情上の乖離が「文藝時代」出現の理由であるなどとは思われたくないのだ。その事を川端に云ったら、「自分も書きたいと思っていたから」と云って、読売に書いてくれた。彼等が動いた為に、自分の頭に埃がかかったとしたら、彼等が拭ってくれるのは当然である。箝口云々の如き、自分を傷けると共に川端、中河等を傷けるものであろう。「文藝春秋」欄で、新進作家の無為無能を叱咤するのが、「文藝時代」に対するひそかな鬱憤だと云うのか。願くは、「文藝時代」存在以前の文藝春秋欄を読んでくれ。自分は、新進作家の個人々々に対しては、好意と援助とを惜しんでいないつもりだが、新進作家全体の無為無能は、あらゆる機会に罵倒して来た筈だ。「文藝時代」が創刊されたが故に、新進作家に対する鞭打を遠慮しなければならぬと云ったようなベラボーな話

《小人邪推》

があるものか。又「文藝時代」に対する鬱憤云々の如きイヤガラセを云って、自分の新進作家に対する批判を鈍ぶらせようとするならば卑怯千万である。また「文藝春秋」の同人を解散した理由は、当時提言した理由があると共に、既成文壇反対の「文藝時代」と、既成文壇肯定の「文藝春秋」の同人が、同一である不体裁を、彼等の為にも、「文藝春秋」の為にも除きたかったのだ。自分の潔癖はそんな妥協は許さない。又同人の連名の如き、現在の「文藝春秋」に取っては、紅提灯ほどの装飾にもならないのだ。

「文壇価値表」が、愛嬌を通り越して、諸家に対して非礼になっていることは、自分の深く陳謝する所である。しかし、今東光輩が、「自分達を傷ける」意志云々に至っては、自惚れも甚だしい。該表は、「文藝春秋」出色の戯文が匿名と云えども悉く直木三十三の作る所である如く、直木三十三の執筆である。しかも、十月中文藝春秋に来た投書を基礎としたものだ。その投書は、天下に覚えのある人が、一人はいる筈だ。しかも、自分は近来「文藝講座」に忙殺され、「文藝春秋」の事は、挙げて好編集者菅忠雄に一任してある。該表の如きも、自分は真に一瞥したに過ぎない。今東光の推測の如き、疑心暗鬼を生じたものである。発行部数二万七千（文藝雑誌としては部数に於て世界第一だ）に達している「文藝春秋」の編集方針に、一今某の如き小文人がわずかの影響を及すとでも自惚れるな。藤森淳三が羨んだのは愛嬌だが、虚心平気に見れば、ある特定の個人を傷ける意志がないことは、第三者の認めてくれる所だろう。ただ、直木の悪弊として、菊池、芥川、久米、里見、宇野、佐々木（茂）など彼の交友びいきが露骨に現われるのは、何とも申訳のない次第である・今東光でなく第三者が、該表掲載の非礼を糺弾するならば、自分は名義上の責任を負うて三謝することを辞さない。ただ小心小胆世評を気にする生気地なしを除き、自身のある作家諸氏が該表を一笑に附し去ったことは自分の深く信ずる所である。

ただ、数カ月前まで恬然として、「文藝春秋」の粟を喰った彼が、身を顧みざる邪推より自分に反感を抱き該表掲載の実際上の動機をまで誣《し》いんとするに至っては嗤笑《ししょう》に値するのみ。彼は、「文藝春秋」社に参集する大たわけと云っている、然らば、数月前までの彼のたわけ振りを何うするのだ。「文藝春秋」に対して吐きかける唾の凡てが、彼自身及び何のかかわりもない彼の僚友の上に落ちかかって行くのが、気が付かないのか。

彼に対して云いたいことはまだある、然し事私交に関することは今は云わない。だが、彼とのこうした不快なる確執が、他の「文藝春秋」旧同人の上に少しでも、累を及《およぼ》すことは、自分の甚しく悲しむ所である。

十三人集れば中には、一人のユダさえいる。まして不徳なる自分の主宰した雑誌の同人中、自分の悪口を云うものが、一人や二人出るのは喰うべき当然の菲《ひ》であろう。以て処世の訓戒とするに足る。

《小人邪推》

◆菊池の記事に対し、今東光は翌月の『新潮』に「ユダの揚言」を発表して反論。さらに『不同調』に参加し、菊池や文藝春秋への攻撃を続けた。その後はプロレタリア文学への関心を高めたが、次第に文壇と距離を置くようになり、1930年に出家。菊池寛が亡くなった後の1953年まで作家活動から遠ざかった。

ユダの揚言

——今東光再び菊池を糺す

今東光

○

「小人邪推」の書き方は卑しい書き方だ。

○

唯物主観の現世主義者が、まるで恩を売るような書き方だ。

○

大方の諸賢人よ。そうして旧春秋同人、並びに「文藝春秋」の寄稿家は、この陥穽《かんせい》に気をつけたまえ。

○

菊池寛の僕に要求するところは、君は僕の世話になったから、何にも言えた義理じゃないじゃないかというのだ。

○

一銭やったから犬の真似をしろという餓鬼大将もある。

○

菊池寛も「文藝時代」に就いては言いたがらない。僕も実はそうだ。

○

若し果して「小人邪推」の文章にあるように誰かが菊池寛に対つて《(ママ)》『貴下が不賛成ならば自分は加入を拒絶する』若しくは『もっとお考えになっては』などと諛《へつら》った者があるなら、この下品な媚びを呈した男と同じ同人の僕は共に語ることを控えたい。

○

それは誰だ。

○

この卑劣、阿諛《あゆ》、追従、家来根性、奴隷の精神。

○

何という自信のない人だ。何という自尊心のない話だ。不純な奴だ。

○

その人は平気の平座で「文藝時代」の光輝ある同人として恥しくないのか。その人は菊池が名を出さないからと言って澄ましていられるのか。そういうことは浅間しくないか。

○

菊池が居なければ、自分のコースを立派に歩くことが出来ないのか。

○

僕は打ちのめされたように思う。

○

そういう意久地なしを菊池は「情誼《じょうぎ》」というそれは本当だろうか。

○

先輩後輩の親誼は、実は媚びじゃないか。何所かでゴマかしてはいないか。

○

しかし僕にだって無論、菊池に対する好い記憶はある。

○

ユダはキリストを嫌悪したのではない。

○

しかしユダはキリストを売った。

○

菊池が僕をユダと言ったのは僕に解る。何故なら僕の場合、僕が菊池に叛《そむ》かなかったらそれは却《かえっ》て彼を売ったことになるからだ。

○

どんな人にも美点はあるものだ。

○

「文藝講座」は誰が計画したのだろう。それを知らないほど、僕は計画者に遠い。

○

若しかすると森本巖夫君ではなかったろうか。間違っていたら僕は何日でも取り消す。しかし僕でないことは確かだ。

○

且つ、こういう物の計画などは一人で能《あた》うところのものでないことは、あまりに明白なことだ。

○

僕は講師訪問の仕事を果さなかったと菊池は言う。君は、それを本気で言いますか。

○

僕は久保田氏を訪ねて童話劇の原稿を依頼した。また豊島氏の留守宅で、夫人に仏文学の講座を持たれるよう伝言を依頼した。また紀平氏の御宅では多忙という理由で断られた。伊原氏と松居氏とを訪問する間際に、相憎くと病弱な妻が床に就いて、この約は果たすことが出来なかった。

○

その頃、二階住いをしていた僕等は、僕でなければ妻の看護が出来なかったのだ。まして八月の頃だったから、暑気と病熱のため、解け易い氷をわらなければならなかったのはどんなに手離し難かったかしれない。で一旦は菊池に断った筈である。勿論、それは口頭だった。後になっていざこざがあるなら、辞令書でも書いておけばよかったと思う。この病床に横わっている妻を捨ててまで、一個の菊池のビジネスのために犠牲になる理由を僕は知らない。

○

夏一杯、寝かしておいては秋になって、由由しいことになると医者に言われた僕は、気が進まない春陽堂の訳述をやって、漸く妻をつれて信州の上林に保養をした。菊池が房州に暑を避けたのとは雲泥の相違である。

○

『僕達が三伏の暑中に宣伝編集の労に服した。』プッ！　笑わせるじゃないか。それは結局、彼自身の収得じゃないか。苦情を言うところがありやしない。暑かろうが寒かろうが御随意だ。そのために苦労してもらった女房を殺してたまるもんじゃない。

○

それゆえに『秋冷と共に都門に帰って、恬然として』僕が菊池を訪うたのだそうだ。だから菊池は僕に「いい顔」が出来なかったのだそうだ。が、それじゃ此方が御免を被る。

○

恐らく菊池の「いい顔」を見ていたら、惚れた女房を殺して仕舞っただろう。若しそうなったら、その「いい顔」で償いをするというのか。こんな大ベラ棒が何処にある。

○

そのために僕に対する不快ならば、僕はその不快を甘んじて受けたいのだ。

○

それを忘れた彼ではないだろう。だから僕に対する不快が、他に因由がないものならばそれは甚しき不人情か、或は乱暴な強弁である。

○

他に因由があるとすれば――

○

「文藝講座」で、僕は当然、日本文学の一部分を担当するだろうと思った。そうして日頃そういう造詣を認めてくれていた菊池から、君には肩書がないという返答をもらった。僕は恐らくこれほど自尊心を傷つけられたことはなかった。

○

僕の方にこそ不快になる因由《いんゆ》があったのだ。

○

だから、こんなワカラズ屋のところで仕事をしたって、うだつが上がらないと思ったのは僕の当然すぎる思案の帰結ではないか。

○

まして賤職と、恰《あたか》も僕が呼ったようだ。事実、賤職と呼ったのは僕である。しかし現にそれに従事している人が、自らそう言ったのだ。だから世の中に、これほど確かな話はない。そう言った人は胸に手を置いて考えてみたまえ。僕のデタラメでは夢さらない。

○

然《しか》し乍《なが》ら、賤職でないこともない。というのは訪問から執事、編集、それも好い。が、堂々たるが男の真夏、すっぱだかで切手の糊づけやカードの整理でもあるまい。

○

それまでも僕にやれというのは『一今某の如き小文人』と雖《いえど》も、どうにも我慢がならない。

○ 恐らく天下の志ある文章の士は、この横暴を何と見るだろう。

○ 『一今某の如き小文人』という金満家の天狗文士の愚作「墨」を見よ。

○ 『何故自ら慊《あきた》らざる文藝春秋に、一年半寄食したか』

○ それは無理だ。譬《たと》えば、何故貴下が絶交した松岡譲と、かつて友であったか。と言われたら何とする。

○ 笑って会い、怒って別れる（ワイルド）

○ 当然の帰趨として「文藝春秋」創刊の因縁まで説かなくてはならないだろうか。

○ しかし僕はこの文章を草しつつ、だんだんと憂鬱になってきた。

一旦、親誼を破ってまた何をか言わんやである。

○

どれほど世話になった子分でも、愛想をつかすと親分に杯をつき返して他人になる法もある。よしんば僕が、生死の境に彷徨していた時、菊池寛に救われたとしても、人間はそういう印象を捨てることも有り得るのだ。

○

然もそれは恩を忘れたのではない。

○

且つ、人生に於ける恩誼というものは可成《かな》りに儚《はかな》いものだ。僕自身が叛くように、僕も叛かれる。

○

菊池氏よ。僕のように直言しないで、君に叛いている者のあることを忘れ給うな。

○

凡てが貴下に服していると思っては不可《いけ》ません。ローマを焼いたネロでさえ殺される。

○

また、欺る人の許にあって、卑屈に、媚び、いじけた振舞いを振舞う人よ。必ず叛きたまえ。寂しい叛反人《むほんにん》になって独りで生きてみたまえ。

○

これ等は両者の共に処世の訓戒とするに足るところのものだと思う。

○

所詮、新時代は反逆だ。

六、永井荷風×菊池寛の章

菊池寛をとことん嫌う

戦前戦後を通して文壇との交流を嫌い、独自の道を歩んだ作家。それが永井荷風《ながいかふう》だ。文学者や新聞記者が嫌いだといって憚らなかったが、なかでも荷風が嫌っていたのが菊地寛である。

荷風が38歳から79歳の死の前日まで42年間にわたって記した日記『断腸亭日乗《だんちょうていにちじょう》』には、ところどころに菊池寛への罵詈雑言が見える。菊池寛の噂を聞くと必ずと言っていいほど罵倒し、世相の悪化の原因まで菊池寛にあると書きなぐっている。

荷風がいつから菊池を嫌い始めたかは、よくわからない。ただ、菊池が1924年の『文藝春秋』3月号に載せた「文芸当座帖」が、きっかけの一つかもしれない。この記事の「私の名前」という箇所で、菊池は先祖の名前を間違えて書かれたとして永井荷風を非難しているからだ。この文章が掲載された翌年の『断腸亭日乗』から、菊池寛への悪口が初めて登場している。

1936年7月の日記にも『文藝春秋』が荷風を誹謗する記事を載せたという記述があるが、荷風はこれに抗議するため、翌日「文藝春秋記者に与うるの書」を書き上げている。また、『墨東奇譚《ぼくとうきだん》』という作品にも『文藝春秋』から人身攻撃を受けたとの記述がある。

嫌いな相手には容赦しない、荷風らしい作品である。

（右）菊池寛

書斎における菊池寛（『現代日本文学全集第31篇』国会図書館所蔵）。1927年前後に撮影された。菊池は『文藝春秋』を1923年に創刊すると、自身も誌面に時事問題や文芸作品への批評などの記事を掲載。厳しい調子で作家を非難することもしばしばあった。

（左）永井荷風

1952年ごろの写真。1879年、官僚でのちに日本郵船に勤める久一郎の長男として東京に生れた荷風。外遊後に発表した『あめりか物語』『ふらんす物語』で名を高めた。慶応大学教授となり、1910年に『三田文学』の主幹となって谷崎潤一郎らを発掘したが、その一方で芸者、カフェの女給、娼婦など、女性との派手な交流でも知られる。夏目漱石、森鷗外らと交流を持ったが、好き嫌いが激しく、日記では菊池寛以外の作家も罵倒している。

自分の名前（「文芸当座帳」より）

――菊池寛の名前を間違えた永井荷風

菊池 寛

自分の名前を書き違えられるほど、不愉快なことはない自分は、数年来自分の姓が、菊池であって、菊地でないことを呼号しているが、未《いま》だに菊地と誤られる。昨年も大阪の某雑誌に、自分の言説を無断で掲載したものがあり、人を以て抗議すると、あれは菊地寛と署名してあるから、菊池寛氏のことではないと云う挨拶であった。菊地寛と云う名前が、自分でないと云うことになると、自分はいよいよ声を大にして、菊池姓であると呼号せずにはいられないのである。一体菊地など云う姓は、日本姓氏録にある名前と思われない。現在菊地姓を名乗る人もあるが、それは維新以後生じた新姓であろうと思う。所が、「女性」三月号を見ると永井荷風氏が天保慶応の漢詩人菊池五山のことを悉《ことごと》く、菊地五山と書いている。当代第一の文人たる永井荷風氏の文章だから、雑誌社の方でも厳校の上にも厳校を加えている筈だから、七八ケ所も出て来る菊地が悉く誤植であるとは思い得ないのである。

菊池五山は、自分の遠祖高松藩文学菊池万年の家弟で、江戸へ出て一家を成した男である

《自分の名前（「文芸当座帳」より）》

から、菊地姓を名乗っている筈はないのである。常に、博識を以て自任し、現代文人の無学無文（〇）を嘲っている荷風先生にして、肝心の人の姓名を誤書するに至っては、沙汰の限りである。難しそうな詩句などを引用するのも、非常に結構だが、それよりも前に、人の名前位は、正確に書いてもいいだろう。尤も、祖先の名前を彰《しょう》してくれるのだから、大変有《あり》がたいが、然《しか》し文字などについては頗《すこぶ》る無頓着な僕でも、菊地と誤書されて、非常に不愉快なのだから、漢詩人たる菊池五山は一層不愉快だろう。だが、文壇人中一番国語漢文歴史等の学問のある永井荷風先生が、菊地とかく時代だから、雑誌社の人達などに、菊地と間違えられるのは、あきらめるより外《ほか》仕方がないのかな。荷風氏などが、常々慨嘆される通《とおり》、文字の正しき使い方などに就ては現代は末世なのだろう。

断腸亭日乗《だんちょうていにちじょう》（より）
――菊池寛を恨み続けた永井荷風の日記

永井《ながい》 荷風《かふう》

大正14（1925）年

九月廿三日。午前春陽堂《しゅんようどう》主人和田氏来訪。文士菊池寛、和田氏を介して予《よ》に面会を求むという。菊池は性質野卑《やひ》奸獝、交を訂《てい》すべき人物にあらず。

十月廿四日。晡時《ほじ》太陽堂の中山豊吉訪《おとな》い来《きた》り、プラトン社発行の雑誌に従前《じゅうぜん》の如く寄稿せられたしとて、頻《しきり》に礼金のことを語り、余の固辞するをも聴かず、懐中より金五百円一封を出して机上に置き去れり。近来書売及《および》雑誌発行者の文人に向かってその文を求むる態度を見るに、恰《あたかも》大工の棟梁の材木屋に徃きて材木を注文するが如し。そもそもかくの如

＊読みやすさを考慮して句読点をうった箇所があります。また、一部の異体字の下の注釈に、【】で新字体を記しました。

廿【二十】

交を訂す 交流する。

晡時 申（うし）の刻。現在の午後4時ごろ。日暮れ時。

徃【往】 行く

《断腸亭日乗（より）》

き悪風の生《しょう》じ来りしは独《ひとり》書売の礼儀を知らざるに因《よ》るのみならず、当世の文人自らその体面を重せず、膝を商估《しょうこ》の前に屈して射利《しゃり》を専一となせるに基《もとづ》くなり。されば中山の為《な》す所も敢て咎《とが》むべきにあらず。悪《にく》むべきは菊池寛の如き売文専業の徒《と》のなす所なり。

十一月十三日。《中略》三時頃、雑誌文藝春秋の記者斎藤某、主筆菊池なる者の書簡を持参し面会を求む。来意を問うに予の草稾《そうこう》を獲《え》たしと言う。菊池は曾《かつ》て歌舞伎座また帝国劇場に脚本を売付《うりつ》け置き、その上場延期を機とし《（ママ）》損害賠償金を強請《きょうせい》せしことあり。品性甚《はなはだ》下劣の文士なれば、その編集する雑誌には予が草稾は寄せがたしとて、くれぐれも記者の心得違いを戒め帰らしめたり。

大正15年（1926）年

七月廿二日。巖谷《いわや》三一《さんいち》、河原崎《かわらさき》長十郎《ちょうじゅうろう》来訪す。三一子は雅号なき人と思いいたりしに俳号を撫象という由知りたれば以後号を以て記す 関君又来る。夜歌舞伎座に清潭《せいたん》子を訪い、三一子と尾張町新

商估　商売、商人。

射利　手段を選ばずに利益を得ようとすること。

稾　【稿】

巖谷三一　（1900〜1975）劇作家、演出家。本名槇一。松竹で歌舞伎座舞台監督などを務めた。

河原崎長十郎　（1902〜1981）歌舞伎役者。

清潭　演劇評論家の川尻清潭（1876〜1954）のこと。

地の陀蕃亭に憩《いこ》う。この夜小山内氏門下の文士、ここに会合する由《よし》ききたればなり。壮士役者《そうしやくしゃ》井上正夫支那服きたるその妻、及《および》洋装の公園芸者を伴い来る。続いて文士菊池寛、これも洋服断髪の女を伴いて来れり。小山内氏予《よ》に向《むか》いて、菊池に引合《ひきあわ》せ申さむと頻《しきり》に勧められしが、予は辞して顔をそむけいたり。暫くにして菊池は断髪の女と倶《とも》に立去《たちさ》りぬ。

八月十一日。残暑甚《はなはだ》し。されど東南の風終日吹きつづき、静坐《せいざ》読書すれば汗出《い》でず。蟬声雨の如く、竹林の風全く秋なるを知らしむ。日暮尾張町タイガ酒楼に登りて飰《はん》す。一女給の語る所を聞くに、この酒楼の女給仕人の中には、以前新橋にて左褄《ひだりづま》取りしもの二三人もありという。十年前までは一度左褄取りしものは、いか程身の振方《ふりかた》に窮《きわま》りしとて、牛肉屋洋食屋などの女中になるものは一人もなかりき。この一事を以て観るも、時勢に伴い人の心のいかにかわり行きしかを知るに足るべし。文学者の気風も今は全く一変し、菊地寛の如き者続々として輩出するに至りしも、思い返せば亦《また》怪しむに及ばず。今の世は新橋の妓《ぎ》さえ女給になり下りて平然たるを見れば、予の如きは自ら反省して、深く身の固陋《ころう》な

飰【飯】　食事をする。

左褄　芸者の異名。芸者は左手で裾を持って歩くことから。

るを愧《は》じざる可《べ》からず。

八月廿七日。午前近藤経一来訪す。氏は駿河台に病院を経営する医師の家に生れ、先年帝国劇場の女優某を娶《めと》り、相携えて米国に遊びしことあり。相応の見識もあるべき筈なるに、近頃菊池寛の春秋社に入り、そのの使者となりて原稿の徴集に来りしなり。夜帝国劇場初日を看る。帰途妓山勇の家に立寄りて一茶す。この日くもりて南風烈し。溽暑《じょくしょ》甚し。

……

昭和3（1928）年

……

二月十三日《中略》晩間山形ほてる食堂に徃き食事をなしつつ卓上の新聞紙を見る、満紙唯衆議院選挙運動の記事あるのみ、候補者の中には菊池寛、妹尾《いもお》順蔵等の名も見えたり、菊池は通俗小説の作者なる事人の知る所、妹尾は三番町の待合蔦の家の亭主にて江戸屋という女髪結の情夫なり、かくの如き媒淫《ばいいん》を業となす者分を忘れ身を慚《は》じず堂々として天下の政治を論ずるに至っては、国家の前途まことに憂うべきものあり

愧【恥】

溽暑 蒸し暑いこと。

滛【淫】

というべし、《下略》

昭和4(1929)年

三月廿七日 《中略》この日偶然文藝春秋と称する雑誌を見る、余の事に関する記事あり、余の名声と富貴とを羨み陋劣《ろうれつ》なる文字を連《つら》ねて人身攻撃をなせるなり、文藝春秋は菊池寛の編集するものなれば彼《か》の記事も思うに菊池の執筆せしものなるべし、

四月初五 昨夜酒館太牙《たいが》にて聞きたる事をここに追記す、酒館の女給仕人美人投票の催ありて両三日前投票〆切となれり、投票は麦酒一壜《びん》を以て一票となしたれば、一票を投ずるに金六拾銭を要するなり、菊池寛某女のために百五拾票を投ぜし故麦酒百五拾壜を購《あがな》い、投票〆切の翌日これを自動車に積みその家に持帰《もちかえ》りしと云う、これにて田舎者の本性を露《あらわ》したり、

太牙 銀座にあったカフェー・タイガーのこと。若い女給が多く働いており、荷風はこの店の常連だった。

拾【十】

《断腸亭日乗（より）》

五月廿二日　陰晴《いんせい》定りなし、午下中洲に往き晡時《ほじ》三番町に立寄る、日の暮るるを待ちお歌を伴い牛籠の一酒亭に登りて夕餉《ゆうげ》をなす、妓を招《お》ぐに若吉というもの来る、妓の雑談に、昨日早稲田大学野球負けたるためやけ酒を飲むお客多く昨夜はこの頃の不景気に似ず案外いそがしかりしとの事なり、又小説家三上於菟吉《みかみおときち》先生も昨夜は何とやら云う待合にお出でありウイスキイ一罎《びん》ほど空にして狂人の如くになり酒席に侍《じ》する芸者は誰彼の分《わか》ちもなく引《ひっ》とらえ無理やりにウイスキイを飲ませて荒れ狂いたりと、尚又妓のはなしによれば、三上先生は五日も十日も流連《りゅうれん》し気が向く時は茶ぶ台の上にて原稿を書く、一行廿五円になるから安心して居ろと芸者女中等に向いて豪語する由なり、当世の文士は待合にて女供に向い憚る処なく身分職業を打明けるのみならず原稿料の多寡までかくさずに語りて喜ぶものと見えたり、十年前まではかくの如きことは決して無し、予の三田に関係せし頃には折々その当時新進の文士等と共に酒亭に登りしことありしかど、芸者に向って原稿料の事を口にするが如きものは決して無かりしなり、年々人心の野卑になり行くこと驚くの外はなし、現代の人間の中文士画工及《および》政治家の心中野卑なること最《もっと》も甚しきが

陰【陰】　くもり。

夕餉　夕食。

三上於菟吉（1841～1944）時代物の大衆小説で人気を集めた作家。

流連　遊びふけって帰るのを忘れること。

決【決】

如し、芸者や女給女中などは文士議員等に比較すれば遥《はるか》に品格も好《よ》く義理人情をも解するものと謂《い》う可し、予は久しく文壇の人と交遊せざるを以てかくまでに文士の一般に堕落せりとは心つかず、独《ひと》り菊地寛山本有三等をのみ下等なる者と思い居《い》たりしが、この夜始《はじめ》て予が見解の謬《あやま》れるを知りぬ、

八月廿六日　《中略》黄昏三番町に往きて夕餉をなす、家の内むし暑くして蚊多ければ門口に出でて見るに、ヰ《ヴィ》オロン弾きたる男女の門附《かどづけ》流行唄をうたい歩めるを、若き女供これを囲みて耳を傾く、新内《しんない》義太夫の流しは全く顔色なし、流行唄は夏の満洲といい又道頓堀《どうとんぼり》というが如きものにて、東京には縁遠きのみならず、節廻《ふしまわ》しは小学校の唱歌のようにて何の面白味もなきものなれど、今の若き女供には聞くそばから真似ができる故《ゆえ》むかしの小唄よりも面白く思わるるなるべし、沢正《さわしょう》の芝居菊池の小説の世に迎えらるるも全くこれと同じわけなるべし、

謬【誤】

ヰオロン　バイオリン。

門附【付】　大道芸人。

沢正　沢田正二郎のこと。大衆演劇の人気役者。

《断腸亭日乗（より）》

正月元日 旧十二月二日　空隈《くま》なく晴渡《はれわた》りしが西北の風吹きつづきて寒し、日も亭午《ていご》のころ起出で下女の持来る年賀の郵便物を検《けん》す、菊地寛及び雑誌文藝春秋社より送来《おくりきた》りし年賀の葉書あり、菊池等より新年の賀辞《がじ》を受くべきいわれなければその趣をしるしてそれ等の葉書を各差出人に返送せり、《下略》

昭和９（１９３４）年

三月十七日。《中略》この日引《ひき》つづき賭博犯の嫌疑にて、菊池寛その他文士数名及《および》活動女優両三名警視庁へ呼出されしと云う。東京日日新聞は菊地寛金参万円の株主なるの故《ゆえ》を以て拘引者《こういんしゃ》人名の中に菊池の名を除きて掲載せざりしと云。新聞社の陋劣なることこの一事を以てその全班を推知すべし。

亭午　正午。

検【検】す　調べること。

賀辞　お祝いの言葉。

拘【拘】引　無理に連れていくこと。

全班　全体。

昭和11（1936）年

七月初二。雨ふりてはまた歇《や》む。文藝春秋社活版刷の手紙にて、同社賞金授与に関し推選《すいせん》すべき出版物の事を問来《といきた》れり。同社は昭和四年四月その雑誌文藝春秋の誌上に於《おい》て、甚しく余が事を誹謗したり。然《しか》るに今日突然手紙にて同社営業の一部とも云うべき事を問合《といあわ》せ来る。何の意なるや解すべからず。文藝春秋の余に対する誹謗の文には左の如きものあり。

一今日荷風の如き生活をしている事は幸福な事でも又許すべき事でもない。かくの如く社会に対して冷笑を抱いてい、社会に対して正義観を燃焼させないとしたなら当然社会は彼を葬ってもいい。

一今日かくの如き社会に於て財産を唯一の楯として勝手に振舞うという事は許すべからざる卑怯である。

一その他くだらぬ事のみなれば畧《りゃく》して識《しる》さず。

九月廿三日。去《さる》七月頃、朝日新聞社の記者某氏、日高君を介して小説

歇【止】

畧【略】

の寄稿を需《もと》めしことあり、その時は曖昧の返事をなし置きしにいよいよ来月中旬より拙稿入用の由申来りし故病に托《たく》して辞退したり。余は菊地寛を始めとして文壇に敵多き身なれば、拙稿を新聞に連載せんか、排撃の声一時に湧起《わきお》り、必《かならず》掲載中止の厄に遭うべし。余はまた年々民衆一般の趣味及社会の情勢を窺い、今は拙稿を公表すべき時代にあらずと思えるなり。

昭和14（1939）年

一月七日。晴。燈刻浅草に飰し玉の井を歩みてかえる。寒月皎然《こうぜん》たり。平井君来書。その一節《いっせつ》に曰く。昨日偶然新聞紙を見候処《みそうろうところ》、東京市長小橋なにがしと云えるもの、有馬農相の向を張り、大都会芸術なるものの提唱運動を起し候事を初て知申候。大都会芸術とはそも如何なる意味のものか。おそらく有馬の農民文学に対比する意味のものと存候《ぞんじそうら》えども、いずれに致せ政治家が自家広告の手段のために芸術にさまざまな新看板を立てること今日の如く頻出致候《ひんしゅついたしそうらい》ては、愈《いよいよ》末世の感を深く致候。そ

皎然　白々と明るく輝く様子。

节　【節】

の傘下に参ずるものは例によって菊池吉屋佐藤西条等いずれも大の田舎漢にて噴飯の至り。何となくすべてが化粧品屋の宣伝広告に活動俳優が引張り出されたのと同じような感が致候。云々。

三月十日。陰。風しずまりて暖なり。読書午睡。日の暮るるを待ち浅草に往く。地下鉄車内にて偶然高橋邦太郎《くにたろう》氏に逢う。近年文壇に賞金の噂多し。菊地寛賞と称するもの金壱千円この度徳田秋声これを受納せしと云う。高橋君の談なり。余は死後に至りても文壇とは何等の関係をも保たさざ［ママ］らむことを欲す。余が遺産の処分につきては窃《せつ》に考るところあり。今は言わず。

昭和15（1940）年

四月十日。晴。薄暮田嶋 醇《うすぐれたしまじゅん》氏来り、護国寺境内に立つべき高嶋屋石碑撰文の起草を依頼せられたれど、この事は余深く思うところあれば辞したり。高嶋屋はその晩年に於て既に従来の意気とか通とかいう江戸風の遊戯的鑑賞の眼を以て見るべき俳優にてはあらざりき。その急死する

高橋邦太郎（1898〜1984）NHKのアナウンサー。フランス文学の翻訳も行い、戦後は日仏交流史の研究者となる。

田嶋醇　劇作家の田島淳（1898〜1975）のこと。松竹に勤めた。

高嶋屋　歌舞伎俳優の二代目市川左団次のこと

や俄《にわか》に新興日本の一偉人の如く称揚せられ、葬礼の式場には近衛公頭山《とうやま》満《みつる》の如き貴顕紳士、菊池寛佐藤義亮の如き文芸商人と相並びて紙製の花環《わ》を贈りしほどなり。されば其の碑に刻すべき撰文は宜しく現代社会の表面に立てる名士のつくりてその名を掲くべきが至当の事にして、余の如き隠士の関与すべきことにあらず。《下略》

昭和18（1943）年

五月十七日。細雨烟《けむり》の如し。菊地寛の設立せし文学報国会なるもの一言の挨拶もなく余の名をその会員名簿に載《の》す。同会会長は余の嫌悪する徳富蘇峯なり。余は無断にて人の名義を濫用する報国会の不徳を責めてやらんかとも思いしが是却て豎子《じゅし》をして名をなさしむるものなるべしと思返して捨置《すてお》くこととす。《下略》

（1880～1940）のこと。この年の2月に亡くなっていた。

豎子　年若い者や未熟な者をさげすんでいう語

七、宮武外骨の章

外骨のパロディ

明治・大正期に権力者の不正や腐敗を徹底的に糾弾したジャーナリスト・宮武外骨。不敬罪で3年以上の投獄を経験したことで、政治家や官僚に敵対する姿勢を固めた。

刊行した新聞や雑誌はたびたび発禁命令を受けたが、反骨の精神をもって権力批判をやめなかった。風刺に満ちた刊行物は人気を集め、同時代の雑誌と比べてかなりの売り上げを誇ったという。

といっても、誌面すべてが権力批判の固い内容というわけではなかった。『滑稽新聞』『スコブル』などにはワイドショーのネタさながらの文壇ゴシップがたびたび登場し、多くの作家が槍玉にあげられていた。

作家の奔放な生活を揶揄するものがあれば、文壇的地位をからかったり世間の噂をパロディ化したりと、ときにはやりたい放題になることもあった。今日でも知られる有名作家から知名度の低い作家まで、ゴシップの対象は幅広い。

また、作家だけでなく編集者や出版社の経営者など、出版業界にかかわる出来事が風刺の対象となることもあった。

176ページ以降に載せたのは、雑誌『スコブル』に掲載された作家や出版業界へのパロディの一部。作家たちが同時代の人々からどのように思われていたかを垣間見ることができる。

（上段左）滑稽新聞

外骨が1901年に大阪で刊行した風刺新聞。政治家や企業家、マスメディアへの風刺で庶民の人気を集めたが、1908年に当局より発禁命令を受けたことで、「自殺号」をもって廃刊。その後も名前を変えてしばらく存続した。

（上段右）スコブル

外骨が1916年に刊行した月刊誌。こちらも人気を博し、「スコブル」という語が流行語になったという。

（下）宮武外骨

文壇ズボラ競

大関	大町　桂月
関脇	阪本紅蓮洞
小結	堀　紫山
前頭	徳田　秋江
前頭	本荘　幽蘭
前頭	田中　王堂
前頭	朝日奈知泉
前頭	正岡　芸陽
前頭	吉井　勇
前頭	林田　雲梯
同	佐々木照山
同	関　如来
同	江見　水蔭
同	鈴木　天眼
同	伊藤　銀月
同	丹　いね子
同	大杉　栄
同	田村　西男
同	森岡　騒外
前頭	岩野　泡鳴
同	徳富　蘆花
同	久保田万太郎
同	佐藤　紅緑
同	竹林夢想庵
同	荒川　義英
同	原　霞外
同	＊永井　金風
同	国分　犀東
同	森　暁紅
前頭	桜井　義肇
同	友清　黙山
同	萱野　長知
同	岡村　柿紅
同	小山田剣南
同	西田庄左衛門
同	和田　天
同	塚田　裙水
同	高橋　愛川
同	安岡　夢郷
同	水島　京二
同	倉沢　狸庵

行司
久津見蕨村　国分　青崖　平田　盛胤　小川　定明

勧進元
宮崎　三昧　和田垣謙三　饗庭　篁村

大関	村上　浪六
関脇	安成　貞雄
小結	松崎　天民
前頭	永井　荷風
前頭	中平　文子
前頭	植村　正久
前頭	本多　雪堂
前頭	木村鷹太郎
前頭	小山内　薫
前頭	樋口　龍峡
同	伊東　知也
同	中村　孤月
同	小栗　風葉
同	木崎　好尚
同	真山　青果
同	加島小夜子
同	児玉　花外
同	小野賢一郎
同	和気律二郎
前頭	斎藤　弔花
同	益田　太郎
同	谷崎潤一郎
同	森田　草平
同	市村　俗仏
同	生方　敏郎
同	宮崎　滔天
同	小杉　未醒
同	白河　鯉洋
同	伊藤みはる
前頭	中谷徳太郎
同	浮川弥太郎
同	末永　節
同	森川　吐虹
同	馬場　清唱
同	中村武羅夫
同	古瀬弥太郎
同	山田　枯柳
同	宇治村楚水
同	松尾　鼓城
同	斎藤　富岳
同	小生　夢坊

横書きの文字は右始まりから左始まりに改めました

＊長井金風の誤植か

《「文壇ズボラ競」＆「現代文士種族別一覧表」》

▲操觚者《そうこしゃ》生活の四種

文士と称する者は皆文筆を以て生活して居る者であるが、それを分類すると、大略左の四種に分れる

現代の社会制度に反抗する思想を有して筆を執る「反抗種族」

兎角浮世は色と酒という享楽主義を執って、日夜遊里に沈湎し、それを題材として述作する「遊蕩種族」

芸術の神聖も糞もあったものじゃない、金を貯めるが当世だと云って、原稿料を無駄に使わぬ「貯金種族」

飽くまで反抗しようという勇気も無く、さりとて享楽主義も馬鹿々々しいと感じて、鬱勃の気を抑える「隠遁種族」

▲特別種族の乞食文士

一種の文才を有しながら、習慣のズボラで筆を執らず、年柄年中ブラブラと遊んで居て、知人を借り倒し、食い倒して歩く特殊文士がある

関　如　来先生
坂本紅蓮洞先生

などは其東西大関であろう、昔ならば＊＊階級の御方かネー

現代文士種族別一覧表

反抗種族

堺利彦
安部磯雄
久津見蕨村
荒畑　寒村
山川　均
大杉　栄
山口　孤剣
白柳　秀湖
馬場　孤蝶
高島　米峰
生田　長江

貯金種族

村井　弦斎
久保　天随
長谷川天渓
巌谷　小波
西村　渚山
吉田　笠雨
田口　掬汀

隠遁種族

徳富　蘆花
幸田　露伴
相馬　御風
杉村楚人冠
饗庭　篁村
木下　尚江
西川光二郎

遊蕩種族

長田　幹彦
吉　井　勇
徳田　秋江
谷崎　潤一郎
和気　律次郎
久保田万太郎
中谷　徳太郎
堀　紫　山
中沢　臨川
永井　荷風
石橋　思案

横書きの文字は右始まりから左始まりに改めました

操觚者［そうこしゃ］…著述家のこと／沈湎［ちんめん］…酒に耽ってすさんだ生活をすること

当世蚊士《ぶんし》の死活を司る人

――大正期の編集者たち

長鋏生

▲中央公論社の滝田樗陰　はその人の作物《さくぶつ》を人気の高下に依って稿原料《こうげんりょう》の相場を定め、花袋《かたい》、藤村《とうそん》は一枚二円五十銭、幹彦《みきひこ》、秋声《しゅうせい》、白鳥《はくちょう》は二円、秋江《しゅうこう》、未明は一円という風に算盤《そろばん》珠《だま》を弾き、評判の好い時は原稿料の前借《ぜんしゃく》も許すが、少し風向きが悪くなると、すぐ原稿料を下げて了《しま》う。尤《もっと》も中央公論で買う原稿は滝田がその何割かをコンミッションして取ることは公然の秘密で、講武所や下谷などの待合に連れて行って芸妓《げいしゃ》を揚げて騒ぎ、その遊蕩費《ゆうとうひ》は原稿を売った当人に払わせることが慣例になっている

▲新潮社の佐藤義亮　は滝田と両々相対《りょうりょうりょう》して、文士の咽喉笛《のどぶえ》を緊《し》める人である。彼は文壇に於ける羅馬法王《ローマほうおう》の如き威厳を持ち、彼に睨《にら》まれると文壇に於ける存在を危殆《きたい》に瀕せしめねばならぬのだ。各社を通じて原稿料の最も安いのは新潮社である、ここでは沙翁《さおう》の翻訳を一枚七銭でさせる位文士を酷使するが、少し世上の評判が立つと五十円以下の金銭なら何

時でも用立てるということだ。兎に角佐藤は当世文士の勘定奉行たると共に、その機関雑誌を利用して、作家の賞賛なり攻撃なり活殺自在を恣《ほしいまま》にするので、今日佐藤を畏れぬ者は一人もない。生方敏郎《いくかたとしろう》の氏名濫用事件にも、文壇に於いて一人として新潮社を攻撃する者が無かったのは、以て佐藤の勢力の如何に大なるかを知ることが出来ると思う

▲博文館の長谷川天渓　博文館の大改革、巌谷小波《いわやさざなみ》、坪谷水哉《つぼやすいや》去って後、編集総理の椅子を占めた天渓《てんけい》は今が日の出の勢いである。天渓の一顰《ひん》一笑が原稿料の相場に影響することを知れる当世の文士共は、天渓の前に戦々競々たるものである。近頃天渓が人に洩らした言を聞くに曰くさ「英国などの雑誌社では文士に原稿料を払わず、却《かえ》って掲載料を取っている位である、金銭までくれて虚名を売らせるのは、日本の出版業者ばかりである」と暗に原稿料削減を諷したのは、これを聞いて青くなる文士連《ぶんしれん》が沢山あるであろう。

文壇成金調《ぶんだんなりきんしらべ》

——スコブル11月号（大正6年9月発行）より

長鋏生

▲柳川春葉（やながわ　しゅんよう）は当り小説で二三千円の金を得、それで細君の郷里宇都宮に借家を普請したが文壇ではこれを「片思いの家」「なさぬ仲の家」とうたって居る

▲田山花袋（たやま　かたい）は博文館をやめて後、その退職慰労金にて代々木辺《へん》に二三の借家を作り、立派な大家様に成りすまして居る

▲村井弦斎（むらい　げんさい）は実業の日本社から毎月婦人世界の顧問料として三百円貰える以外、一冊何厘《りん》かの印税が来るので、平塚在《ひらつかざい》で贅沢な生活《くらし》をして居る

▲蘇武緑郎（そべ　ろくろう）はイカサマの好色本を出版して、二三千円の金が出来たとやらで、今はそれを資本として高利貸をやって居る

▲笹川臨風（ささかわ　りんぷう）は西片町の住宅近所に借家があり原稿料、印税、学校の教師としての月給等で毎月五百円は欠かさぬという

▲上司小剣（かみつかさ　しょうけん）は健筆に任せて、縦横無尽に書きなぐるので、その貯金も

今は千円を越したであろう、然し流石は上方《かみがた》者である、十年依然として下目黒の家賃六円の家に住んで居る

▲博文館改革で首になった西村渚山（にしむら しょざん）は、その在職中貯め込んだ金が三千円以上あるそうで、近日千駄ヶ谷附近に借家新築ということだ

▲同じ博文館をやめた松原二十三階堂（まつばら にじゅうさんかいどう）も、本郷林町に地所家屋を有し、動産不動産〆て一万円はあるだろうということだ

▲二三年前に博文館をやめて東亜堂に這入った巌谷《いわや》小波《さざなみ》の門人木村小舟（きむら しょうしゅう）は、貯金が八千円あるという事だが、言半分に聞いても大きなものだ

▲渡辺霞亭（わたなべ かてい）は昔は一編の小説を書けば一人の芸妓を落籍すると云われた程で、今でも緑円碧瑠璃園《りょくえんへきるりえん》の別号で八方に書きなぐり、小説家には不似合いな豪奢生活をやって居る

原稿料を当てにせぬ文士

――スコブル15号（大正7年1月発行）より

長鋏生

△山本露葉《やまもとろよう》は東京で大高利貸の一人たる山本某の息子であって、今はその戸主である

△阿部次郎《あべじろう》は富裕なるその後家の入婿《いりむこ》と成って、その富は五万円あるという

△小栗風葉《おぐりふうよう》は三州豊橋の養子先《さ》きの女房の里は十万円からの財産があるという

△水野葉舟《みずのようしゅう》は勧業銀行の重役の息子で、その相続人であるから気楽にやって居る

△武林《たけばやし》 無想庵《むそうあん》は札幌の某富豪の息子で、家には四五万の財産があるという

△水上瀧太郎《みながみたきたろう》は保険屋の隊長阿部泰蔵《あべたいぞう》の子で、家には四五十万の財産がある

△有島生馬《ありしまいくま》と有島武郎《たけお》は日本銀行の理事であった有島武《たけし》の息子だから家には財産がある

△長田幹彦《ながたみきひこ》と長田秀雄は飯田町の輔仁《ほじん》病院長の息子で、親爺の死後その財産を分配して居る

△蒲原有明《かばはらありあけ》は佐賀県で知られて居る財産家の息子で、家には二三十万円あるという

△斎藤茂吉《さいとうもきち》は暴富を成した悪医者斎藤紀一《きいち》の息子である

△長与善郎《ながよぜんろう》は故長与専斎《せんさい》の息子で、親は侍医頭《じいのかみ》であったから財産がある

《原稿料を当てにせぬ文士》

△永井荷風《ながいかふう》は故郵船横浜支店長永井久一郎《きゅういちろう》の息子で、家には五六十万の財産がある
△千葉掬香《ちばきくこう》は芝居茶屋千葉勝《かつ》の息子だから、珍本ばかりでも何万円に値する程持って居る
△池田大伍《いけだだいご》は東京名物の一たる銀座の天麩羅屋《てんぷらや》天金《てんきん》の息子である
△秋田雨雀《あきたうじゃく》は某軍人の後家さんの入婿に成り、その扶助料で生活して居る
△相馬御風《そうまぎょふう》は越後の糸魚川《いといがわ》の豪農の息子で、親は名誉村長を勤めて居るという
△高安月郊《たかやすげっこう》は大阪高安病院長の弟であるが、貸家の家賃で気楽に暮して居る
△正宗白鳥《まさむねはくちょう》は親の遺産が二三万円あり、野口米次郎《よねじろう》は多年の貯蓄で有福《ゆうふく》である
△石阪養平《いしざかようへい》は埼玉県の豪農の息子、三井甲之《みついこうし》は山梨県の豪農の息子である
△芥川龍之介はその実家に財産がある、山崎紫紅《やまざきしこう》はその実家が横浜で有名な高利貸である

粕谷《かすや》聖人徳富蘆花の面皮《めんぴ》を剥《は》ぐ

長鋏生

『肥後人主義《ヒゴイズム》は我利主義《イゴイズム》』と誰《た》れやらが云ったように、肥後人程我利々々亡者《がりがりもうじゃ》で虚言《うそ》吐《つ》きはない、平民主義から逆転して藩閥主義に変節した徳富蘇峰《とくとみそほう》はいわずもがな、その弟の蘆花《ろか》の如きも、我利亡者たるに至ってはその揆《き》を一にしているのだ、彼は日露戦争前まではトルストイの非戦論を振りかざして、無抵抗主義を叫んでいたが、戦争が一度《ひとた》び開かれると、自分は肥後武士の子だ、露西亜人《ロシアじん》を見ては腕が鳴る、他人に悪を加えられて悪に抵抗する能《あた》わずんば、その正義が何処にあるかと、今度は主戦論に一転した、その頃から彼はトルストイの菜食主義を唱えてそれを実行していると云いながら、時々粕谷《かすや》から東京まで女中を遣《や》って肉類を求めた事実がある、それで菜食主義も滑稽《こっけい》至極ではないか、彼は又トルストイの博愛主義、平和主義を金科玉条としながら女房との喧嘩は毎日の事で、しかもそれが痴話喧嘩《ちわげんか》である事は、死んだ山路愛山《やまじあいざん》などは顰蹙《ひんしゅく》していたものである、彼は女房ばかりではない、兄蘇峰父棋水《きすい》と兄弟喧嘩、親子喧嘩を十年一貫して居る、それが博愛主義、平和主義の宣伝とは笑わせるではないか、親の看病もせず、親の葬式にも行かぬ彼が、兄の娘のお鶴を貰い受けて養女とし、十年ばかりも育てた後、兄と喧嘩を継続する為《た》めその娘を離縁したのは、博愛主義、平和主義であると思って居るのか知らん、彼は我《わが》門内には新聞配達と郵便脚夫しか入れぬと豪語しているが、その実本屋の主人の来訪を歓迎して居る、他人から来た手紙は封も切らぬと自慢らしく云っているが、ソンナラ新橋堂や、警醒社から送って来た手紙も封を切らずに紙屑籠へ捨てるだけの勇気があるか、あのココナ、大嘘つき奴《め》

＊新橋堂・警醒社　いずれも蘆花が作品を発表していた出版社。

短冊売歌人の子孫武者小路実篤《むしゃのこうじさねあつ》

白樺派の文士と云う中に武者小路実篤《むしゃのこうじさねあつ》と称する者がある、この者が遊び道楽の企てに、共産主義の理想社会を芸術的にモジったような「らしき村」と云う部落建設の計画をして居るにつき、売文社《ばいぶんしゃ》の社長たる堺枯川《さかいこせん》がそれをヒヤカシて、時代錯誤のユートピアであると攻撃した、その攻撃に対して実篤は「売文社の連中が、僕の村をたてる企てを喜んで嘲笑して居ると云う噂を聞いた、尤の事と思う、自分の真心に対する信仰を少しでも理解出来る者には、幾ら何でも売文社などと云う仕事は考え出せない、売文社の現にやって居るよう

雑誌に掲載されていた挿絵

な仕事をするのは、自分に取っては自殺するのよりも猶お自己を殺すことを意味する」と叫んで、文士が文を売って生活するのは下劣至極である、自分（実篤）などは売文社という字を見るだに戦慄すると云ったそうである

我輩はそれを聴いて噴飯失笑に堪えない、彼が売文の下劣さをソレ程に感ずるのならば、自己の父祖を如何に思って居るかと云いたい、彼の祖武者小路公種から父実世に至るまでの代々は、所謂《いわゆる》貧乏公卿《くげ》の事とて短冊や式紙に歌を書いて売り、その代価でヤット生活して居た者ではないか、売文が下劣ならば売歌にも戦慄せずばなるまい、ココナ白バカの隊長奴《め》

八、谷崎潤一郎×佐藤春夫の章

女をめぐる確執

佐藤春夫の代表詩集『純情詩集』。新進作家として注目されていた佐藤は、この作品によって文壇における地位を確固たるものにした。『純情詩集』が人々の心をつかんだのは、佐藤自身が体験した失恋の悲痛さが、ありありと表現されていたからだ。

その失恋の相手は、谷崎潤一郎の妻である千代。谷崎と佐藤は大の親友だったが、この恋愛を機に両者は絶交することになる。

谷崎は千代を理想の女性だと思って結婚したが、一緒に暮らしてみると期待はずれで、夫婦仲は良くなかった。そこで千代と離縁して、二人と小田原の家に住んでいた千代の妹おせいと再婚したいと考えるようになっていく。

そんな二人の様子を間近で見ていた佐藤は、千代に同情を募らせていく。そして千代への気持が恋愛へと発展したことで、この気持ちを正直に谷崎に打ちあけた。

これを受けて谷崎は千代との離縁を佐藤に約束するも、肝心のおせいから告白を断られると、約束を反故にして千代との生活をやり直すことにした。千代もこれに同意したことで、佐藤の恋は破れてしまう。世にいう小田原事件である。

その後、佐藤は谷崎との絶交を宣言。自身の体験を赤裸々に表現した『純情詩集』を発表した。

このままではいけないと谷崎は佐藤に話し合いを提案するが、佐藤はこれを拒否。そこで手紙によるやりとりが始まったが……。

（右）谷崎潤一郎と千代

1915年、谷崎は芸者の石川千代と結婚。これを機に千代の妹せいも谷崎家に引き取られた。翌年には娘鮎子が生まれたが、夫婦仲は悪く、谷崎が千代に乱暴な態度をとることは多かった。なお、せいは『痴人の愛』のナオミのモデルとなった女性で、葉山三千子の名前で女優として舞台に上った。

（左）佐藤春夫

佐藤と谷崎は、知人を介して1917年に知り合った。6つ年上の谷崎に『中央公論』で推薦されて、佐藤は文壇で注目されるようになっていく。以降、仲良くなった谷崎の家に、佐藤は足しげく通うことになる。1919年に谷崎らが小田原に転居すると、佐藤も小田原まで足を運んだ。そこで谷崎から冷たく接せられる千代に同情心を抱くと、それがいつしか恋心へと発展したようだ。

佐藤春夫と谷崎潤一郎の書簡集

――僕は君と戦う

谷崎→佐藤　大正10（1921）年5月28日

今朝君の手紙を見た。

僕はこの頃、君に対する反感と憎悪から出来るだけ逃れ出たいと思っている。それでこの間も、兎に角君と話し合って見ようと思ったのだが、君が来たくもなさそうだったし、会えば或は反対の結果になりはせぬかとも考えて今日まで放って置いた。

しかし、お手紙で見ると、君がだんだん僕の希望しているような心持ちになって来たようでもあり、僕としても僕自身の行為に就いては冷静に反省して見た積りであるから、一度会って見たいと思う。若し会ってくれるなら、会う前にこれだけの事は云って置きたい、僕は自分の悪い所もいろいろ考えている、又この後も考えて見る、決してそれに就いて廻避はしない、けれども同時に僕は、君の方が僕より少しでも正しかったとは考えられない。それは一時の反感でなしに本当にそう思っている。だから会う以上はお互いの言い分を腹蔵なく話し合おう。その結果がどうなるにしても、そうする事は二人の為めに決して悪い事じゃないと思う。そしてこの間のようなゴマカシの和解でなく、真の和解が成り立てば猶結構だが、不幸にしてそうならないにしてもゴマカシのまま放って置くよりは僕には気持ちがいい。

僕は目下、少し長い物を書きかけて居るからそれが一段落ついた時分におしらせする。多分来月三四日頃になると思うが、ここ一週間ぐらい時日を置いた方が却って双方の為めにいいかと思う。会うなら成るべく君の方から来てもらいたい。

御返事を待つ。

五月廿八日　　谷崎潤一郎

佐藤春夫様

佐藤→谷崎　5月30日

君の手紙は昨日のひる見た。それでよく考えて見て、次のとおりお答えする。

折角だが、僕は君の家へ行って、君と言葉で腹蔵なく話合うことは忌避する。その理由は、僕はおしゃべりにも似合わず、激してくると言葉で心が表現出来なくなる。しどろもどろになる。君は言葉尻をとることの上手な人だ、揚足もとる人だ。（それを僕は別に大して非難しない。一種の才能だと思う。）それに又、君は口汚く罵ることも出来る人だ。僕はこの前に身に覚えがある。あんな場合、僕は君に報ゆる方法を知らない――僕は黙って仕舞わなければならない。以前の時にはお千代さんは解ってくれると思って、僕は黙っていられた。しかし、今日ではお千代さんも違っているかも知れない、そうして今日となっては、あんな場合に黙って仕舞ったが故に、僕がその君の言葉をそのまま受け入れなければならないほど悪いもの、でなければ同じように口汚く罵り返さないのは卑屈なからだ《［だ］》と、そうお千代さんも考えないとも限らない。それが怖ろしい。君の家で、言葉で腹蔵なく語り合うという事は、いろいろの意味で、充分に僕の意志と感情とを表現させ得ないと僕は自分で考える。そうして、それを君とても決して望まないだろう。こんなことを言うのは、君と僕と腹蔵なく語り合ってどうも平滑には行くまいと案ぜられるからだ。それに、君と僕とが果して同一の程度で悪いものだかどうだか、これは僕自身でもう少しよく考える。自分で考えられなかったら、僕は君に教えられるより僕自身を赤裸にして公衆にさらしたい。僕は現代と後世との前に全ての自己を賭して、僕の筆によって示そう。そのうちには本当の僕――自分で気がつかないでいる僕が出てくるかも知れない。僕は永久の四つ辻に鞭を負うて立って、僕が鞭たるべきものならば、行人の悉くから打たれよう。たとい理解のない行人から力まかせに打たれようとも、君に鞭れたくない――君に打たせるには僕はあまりひ弱く出来ている。どんな無情な行人でも、君が僕を打つほど残忍であるかどうか僕には信じられない。君は今、正義の人であるかも知れないが、どうも僕には君という人は、昔も今も、自分自身には寛大な人で他人にはよほど冷酷に出来て居る人だと思える。惚れた女に優しくすることは悪魔もする。君は以前お千代さんに冷酷であり残忍であった。善心に立ちかえって今日――君の言葉によれば、善い心と悪い心とがあって、今善い心の方が働き出した今日、おせいちゃんや僕に残忍でなければいいがと思う。いや、僕はどうでもいい。君が君の浅はかな楽しみのためにさんざんに弄んで来た一つの霊おせいちゃんを、精神的なところの一つもない女だなどと言うことに依って二重に凌辱しなければいいがと思う。この霊、君がお千代さんに対してよりもより悪いことをしたと自認しているこの霊に対して君は君自身を惜む結果、君の責を廻避していないかどうかを僕は知らない。君はこの事件によって女の貞操というものの人に迫る力の切実なことを知ったろうと思う――その力を、一人の無垢な反省する力もない少女から事もなげに奪って、又再び回復出来そうにも見えないまでにした人は誰であろう。第一に解決し努力されるべきものはこの問題であった。お千代さんと君と僕との問題はこの次の問題であった。しかし君の言い分によって逆に、第二の問題が解決されて、その結果、第一の問題がどうなっているのだか僕にわからないのは最も残念だ。かげでは「あの女は淫蕩なだけだ」と言って、当人に向っては小使いをやったり「前途に洋々たる希望がある」などと言っただけで済むわけではなかろうかと思う。実はその外のことや、これらの事に就て君に長い手紙を書きかけたのだ。十枚近く書いているがどうも尽きない。これはいずれ又それを言うに適当な場所と時機とがあるであろう。そう思ってやめにして、これだけの手紙にした。僕は昨日は鬱々たるうちにも、どうかして気分を外へ向けようと思ってゴマカシて暮した。昨夜からまんじり出来なくなって、今日は、今午后《ごご》の七時だがまだ一度も御飯をたべる暇がない。どうも、自分をゴマカシてもゴマカシ切れないので、君には満足を与えられなくって済まないようでもあるがこの答えをする。君も僕の真剣は汲んでくれるだろう。

僕は、君がこの事件に就て、お千代さんの愛を復活させ得たことだけで満足せずに、徹底的に君の全部のものを賭して廻避せざらん事を望む。勿論、君自身のなかにもその覚悟はあるであろう。只、快不快などの問題ではなくお互に一度は生と死との間を彷徨してもよかろうではないか。況んや、君にはお千代さんという霊の赤十字があるではないか。僕との和解のゴマカシを徹底させようとするのはいい。しかしもっと大きなことは君自身全部が先ずゴマカシでなくなっていて欲しい。これは反語の意ではない、よけいながら僕の希望だ。

それからゴマカシの和解の件は、最初はだれもゴマカシのつもりでは無かったろうと思う。そうしてこれは、あの時にお千代さんの君の意志に従う——或は自ら進んでその意志になった時の希望条件であったようだ。お千代さんは（僕を決して悪い人間と思うことなしに、もう一度友情を温めるよう）に君に言ったと、僕は君から聞いていた。その友情が二度、三度、またアイマイなものになったに就て、君は兎に角、お千代さんが「その責の全部を僕にありとし、僕を悪い人間として今、君の乃至お千代さん自身の友達とすることを拒むかどうか」、このことは君からお千代さんに聞いてもらい度《た》い。この点御返事をまつ。

口よりは手紙の方がいくらかしどろもどろではないようだが、君が望むならばこれからでもいくらでも手紙なら書く。君のところへ話しに出かけるのは困るが。夜の八時になって父が心配して、御飯をたべよと呼びに来たし、もう少しここへ書いていい事もあるが筆を措こう。この手紙はほんの御返事だ。

五月三十日夜　佐藤春夫

谷崎潤一郎様

この手紙は今日一晩経って、明日の朝出そうと思う。

明日になるとまたつづけるかも知れない。

谷崎君、やはり僕は君と永遠に戦おう。君と同程度に悪いものであることを自認して君の門をくぐるには、僕にはまだ自我が残っているからだ。ゴマカシの和解がいやならどんどんぶち壊そう。僕の破滅するところを頬ぺたの筋肉一つ動かさずに見ていたまえ。乃至、僕が君に対してそうする。僕は君と倶《とも》に天を戴《いただ》かない。僕はすべての自分自身を賭ける。僕は永遠の四つ辻に荊《いばら》の鞭を負うて立って、一人一人の行人に君と僕との是非曲直を問う。僕が間違っていれば赤裸の荊の鞭で打たれよう。僕は僕の間違っているだけ僕の血を流そう。君も男らしく僕を突き放して、僕を死と生との荒野へ彷徨させたまえ。その間、君はあの羨むべきお千代さんという霊の野戦病院でのんびりしていようとも勝手だ。昨夜は満足に眠らず、今日は夜の九時まで食わずに考えて、君に書いた二十枚近くの纏《まとま》らない手紙のあとで、この二枚だけ君に呈する。僕は君に対する憎悪と反感と憤怒とを、以前君から受けた恩義のすぐ隣りへ、決して混合しないようにして貯えて置くことにする。

五月三十日夜十二時

◆この手紙を書いた日、佐藤は谷崎千代宛てにも手紙を書いていた。

佐藤→谷崎千代　5月30日

お千代さん。この手紙と一緒に谷崎君へ僕から絶交状と挑戦状を兼ねたような手紙を上げました。従ってあなたともこれっきり敵味方になるわけです。私は今日とてもあなたを一つも恨んでいないだけに、あなたのような可憐な人を敵にしなければならないのは、自分でもこの上なく悲しい切ない事だし、あなたにも徒らに心配を増させたようで済まない気がします。けれどもこうしなければ私の身は立たないように思いますからそうさせて貰います。私はあなたを憎めないけれども、あなたは私を、あなたの最愛の夫の敵として憎んで下さい。そうして僕を思い出したら、皆がこんなことになった不運を泣いて下さい。私はたといあなたにけろりとされても、あなたを永く敬愛します。またあなたがたとい今どう思っていようとも、あの頃のあなたを胸に抱きしめます。あのころは過ぎ去った日だけれども消えて無くなった日ではない——お互に嘘でなかった日だと信ずるのが僕のたった一つの慰めです。あなたの如何にかかわらず私は永くこの慰めを失いますまい。今度こそとうとう永久にさようならです。

五月三十日夜一時　　佐藤春夫

谷崎千代様

佐藤→谷崎　6月7日

御返事。

要するに君はおせいちゃんに一ぱい食わされたのだ。僕はゴマカシの友情を維持したままで問題に触れた事を世に問おうと思った事は一度もない。但、君がそうすることがあれば僕も勢それはしなければならないとは思っている。又、世間であまり馬鹿馬鹿しい取沙汰をされてそれが耳に入りながら黙っていなければならないハメにある自分を考える助［と］らない気がすることもある。何とか君と相談してこの世間的馬鹿馬鹿しさぐらいは君から救ってもらえないものかとも思うこともある――が、「今にわかる」と言う気でそんなこともどうでもいいと思いかえす。又僕にはこの事件に関する或る手記がある――要するに文反古で、あるものは君に宛て、或る者にはお千代さんに宛て、或る者は僕の父に宛て、或る者は或る時の僕自身の日記である。即ち、僕自身がこの後どんな勝手な自由な行動をとってもそれによって僕がどんな気持であったかということが人にわかってもらえるように思って、さまざまに思い迫った時に書いたものである――今も時々、それに君［書］き足してはいる。併し、僕はそれを発表しようと言った事はない。それを自分で読みかえして見ているところへ、おせいちゃんやお千代さんがきても僕は隠すほどである。そうして冗談にこれがうれる位なら五百位にはなるがなあなどとは言う。僕は五年前に書いた原稿の書きつくしを売って僅《わずか》に小使をとっている現状ではあるが、この手記を売ろうとは思わない。思った事は一度もない。又、売れる性質のものでもない。それなら僕は新らしく何か書くかというと、そんな精力があるくらいなら僕は過ぎ去った問題などにどうして恋々としているものか。僕はここではっきりと言って置くが、血をもって血を洗うつま［も］りで、僕は自分のすべてをさらけ出す日がないとは言わない。又そうしなければならないものだとは信じている。その時には僕は自分の全自已《[こ]》を賭けることが出来ると思うと心が躍るような気がして――今の僕にはそれが唯一の生甲斐である。しかしそれは勿論、今日明日のことでもなし、又、そのときになればただに君に対してだけではなく僕の知っ《[て]》いるかぎりのすべての人、そうして僕自身ともそれを発表する前に絶交する覚悟である。僕は当分、このままでじっとしているつもりである――僕が現状より一歩でも動くとすれば、破滅へ行くより外にはないからだ。このままじっとしていても破滅へ行くかも知れないが――多分その分《[方]》がゆっくりだろう。僕とても大急ぎで破滅の方へは行きたくない。君も僕をそうさせることが希望でないなら、じっとこのままにさせて置いてくれたまえ。乃ち僕は前にも言うとおり、今しばらくゴマカシの和解でかんべんして貰へ《[い]》たいのだ。君との和解ばかりではない僕の生活そのものが今では全部ゴマカシなのだから。そうしてそんなゴマカシの生活は一刻も早く逃れたい。しかも心によりどころのない僕としては全く如何ともしがたいのである。今、君と絶交しても進んで握手を求める機会があると君は言う。僕もそういう心境なら君とキッパリ絶交するだろう――が、僕は君と絶交して仕舞うともう握手する折がないような気がしている――即、もう握手しようにも僕と君とは再びどうしても逢えないような日になっていると思う。

　要するに君は、僕を僕が今現にあるよりももっと呑気に想像しているのである。が、僕が今どんな風なことを考えながら、どんな風に生活しているかは君に言うまい。哀れを乞う者のような気がするから。君は僕の現状を知らず、又想像してもいない証拠には、おせいのそんな言葉でカツがれるのだ。僕はそんな余祐［裕］ある生活をしていない。こう言う僕を君は未だ君の前へ引き出して見たいか。

御返事をまつ。

六月七日朝

谷崎→佐藤（5月30日の手紙への返信）　6月9日

その後僕も又少し考えたから再び書く。

僕は君さえ誠意を持ってくれれば、出来るだけ所謂ゴマカシの和解をつづけて見てもいい、それで果して続けられるものかどうか、やって見てもいい。勿論僕も絶対に誠意を以てやるつもりだ。

「他人に対しては弁護士になり、自分に対しては峻厳な検事になろう」と云う君の言葉は、僕もそうしたいと思う。しかし、君がこの間僕の留守中に来て、やれおせいの監督が足りないとか、今度僕に会って直接忠告してやるとか、まるで僕の伯父さんか何かのような口を利いて、さて今度は僕から来てくれ給えと云うと、「今後君の家庭へは絶対に一歩も入らない」と急に開き直ったりされるのは、あまりいい気持ではない、よくソンナに急に立派な事が云えたものだと思う。君と云う人が余り情なく見えるではないか。

過ぎ去ったことはもう云うまい。僕にも君に云われるような事が沢山ある。ただ、ゴマカシの和解をつづけるには余ほど双方がシッカリしていないとムヅカシイから、君も僕も出来るだけ注意するとして、やって見るとしよう。君の方さえ気をつけてくれれば、僕は決して、自分から事をコワスようなことは、絶対にしないつもりだ。いろいろ君を攻撃したが、僕も随分自分を攻撃しているんだ。僕だって、仕事が沢山あるだけに却て苦しいよ。気分を転換させられるからと思うのは、君の感違いだ。

では左様なら。以上の訳だから、会ってくれれば猶有難いが、イヤなら会わないで今暫く辛抱し合ってもいい。それを承知してくれれば、別段御返事には及ばない。

六月九日

谷崎潤一郎

佐藤春夫様

谷崎→佐藤（6月7日の手紙への返信）　6月10日

行きちがいにお手紙拝見、君の考えはよく分った。僕がおせいの言葉を信じたのは軽率だった。今度のように云ってくれれば僕も何も云うことはない。勿論、僕の方でも誠意を以て君と云うものを考えよう。

折角君が会ってくれると云うのだから、会いたいと思うが、実は二三日前に突然京都から北原前夫人がやって来て、まだ当分は居そうなので、目下のところ、僕の家では都合が悪い。しかし、お互いに分って見れば、そう急ぐこともないのだから、拙宅の方の都合がよくなってから来てくれ給え。いずれ御知らせする。

いろいろ世間で怪しからぬ噂があるとの事、始めて聞いた。僕よりも君が気の毒だ。「人間」の里見は、まさかもう少し分っていると思うが、……では左様なら。

六月十日　　谷崎潤一郎

佐藤春夫君

しかし、何か君の方で急いで会う用事でもあったら、知らせてくれ給え。

谷崎→佐藤　6月16日

昨日やっと改造の原稿を書き終えた。久し振りで百枚以上のものを書いたので、ガッカリした。しかし締切におくれたので発表は八月号との事。

「人間」の記事を読んで見たが、何も君が気にするほどの事でもない。悪く云って居る部分よりも、むしろ褒めた部分の方が多い。あの程度の事は誰でもいつも云われている。世の中を敵にするの何のと、あれだけでそんな気になるとしたら、君のヒガミだ。

しかし、「人間」の批評は兎も角も、君の云うようなその他の種々な憶説が、文壇に行われているとしたら、彼等の眼から君だの僕だのがそんな人間に見えるとしたら、今の文壇と云う所は余程下等な者の集《あつま》りだ。君にしても僕にしても、まだいくらかは彼等より上等のようだ。ソンナ者を相手にする必要はない。今後、君と僕との交際が途絶えない限り、（友達でなくなったら仕方がないが）そうして又君自身の必要でない限り、僕やお千代の為めにならら、わざわざ精二の所なぞへ行って、説明してくれない方がいい。自然に話が出た場合には、隠す必要は無論ないが。――精二と僕の関係をそう重く見てくれない方がいい。

野戦病院に這入って居ても、戦場へ出ているより苦しいことがある。野戦病院なるが故に、そうして看護婦の手篤い看護を受けるが故に、猶苦しいこともある。この事に限らず、お互いにいろいろ云い分はあるだろうが、又それに対して一つ一つ答えを用意しているように思われる。そうして、君の持っているプラスとマイナスと、僕のプラスとマイナスがぴったりと会い、お互いにそれを心から認め合えば、ゴマカシの和解がいくらかでも楽にされる。君と会うことが、直ちに真の和解を持ち来さないでも、まずその辺の所まで行けば結構だと思う。真の和解に至る第一歩だと思う。「過ぎ去った事は云うまい」と云ったのは、いつまでも悪口を云いたくないと云う意味で、過去の問題を黙殺しようと云うのでは勿論ない。

北原前夫人はまだ一週間ぐらいは居そうである。君にお目にかかるのは廿日か廿五日頃になるだろう。君に会ったからと云って、何も大きな声で怒鳴ると云う気はない。正直のところ、僕は君と云うものを真に了解し、友情を恢復《かいふく》したい希望で一杯になっては居るが、ただ少しでも自己を欺いたり、センチメンタリズムでゴマカシたくないと思っている。お互いに、それには懲りて居る筈だから。

ではいずれ近日御しらせする。何か、云いたい事でもあったら手紙でもくれ給え。

六月十六日夜

谷崎潤一郎

佐藤春夫様

谷崎→佐藤　6月18日

君がお千代によこした手紙を見た、お千代が君に通信していいか悪いかは別問題として、ああ云うことを直接僕の妻に云っ［て］よこすこと、それ自身が僕には面白くない。君はああ云うことをして、それで僕が少しでも感情を害しないと思っているのだろうか。僕に対して疾《やま》しくないのだろうか。そうだとすれば余程不思議だ。それだからゴマカシの和解はイヤだと云うのだ。ゴマカシの和解は君の方から申込んで来たのだから、君もそれだけの慎みを持つのが当り前だ。

それらの事も、何か君の気持ちをジャスティファイする理由があれば、近日会った時に聞くこととしよう。兎に角にも、会うまではジッと現状維持で行こう。でないと、僕は又々、冷静な態度を取り難くなる。　以上

六月十八日

谷崎潤一郎

佐藤春夫君

佐藤→谷崎　6月20日

御手紙拝見、僕もちょうど昨夜お千代さんのところへ短い手紙を書いたところだ。見てくれたまえ。僕は両三日前からやっと次のような心持になった。

「真の恋愛の場にはその感情の深さは真に無限だから、その失恋者が感情に溺れていたのでは、どうしても身を殺さなければならない。この際、若し生きたいと思う者は、徹透した理智と、強烈な意志とによるの外はない。ウエルテルは死んだけれども、ゲーテ自身は死んだのではない」というのだ。ところで僕は生きたいという本能がごく弱い。併し弱いながらに

もあるにはある。どうかして生きるという本能をもっと燃《もや》したいものだ。

君は世の中は下等だから眼中に置くなという。僕もすこしでも幸福があれば、その世界だけを世界にして、世の中などを眼中に置くものか。併し、内心に住む世界のない人間には世の中というものが案外——僕自身も今まで気がつかなかったほど案外、気にせずには居られないものなのだ。君も若し僕の地位に立てばきっとこれは痛感するに相違ない。

僕は「人間」の六号活字だけで世の中を敵にしようと思い立ちはしない。いろいろそれには理由もある。一たい世人は、大方君の方に好意を持っているらしいよ。先日、文化学院なるものへ父が行くという故、行ったところ、西村伊作とよさの夫妻とだけになって僕に、事件を語れ——北原からも聞いて知っているのだから隠すな、と言って迫るから、僕も言わざるを得なくなって話した。何れ、僕の口から出るのだから僕自身がいくらかはいい子になっているだろう（君の目から見ればだ、そうして僕は自分の良心を賭けて、事実だけしか言わないし、事実も輪郭に必要でない部分は避けているのだ）で、僕の口から出る事件の概要を聞き、僕自身を目の前に置いてでも、彼等の同感は寧ろ君にあったように見える。僕はどうかして一人は僕の気持ちをわかって貰う人を得たいものだ。現代にないならば後代にでも。

僕は今好戦的感情に燃えている、それだけをやっと生き甲斐にしている。然も戦おうという僕は、満身既に創夷だと言えるであろう。君の手紙によると野戦病院も苦しいそうだが、満身の創夷をもって収容される病院も見当らずに戦場に曝されている半死の兵士と何れぞと言い度い。

君と精二とをそう重い関係に見てくれるなという。しかし、精二が内心君を他人以上の感情で見ているとすれば、君がそう言い切って仕舞っていいものかどうかは疑問のように思う。相手の自分に対する気持ちを無視して或は見ようとせずに自分だけのいいように振舞うということ、相手の心持が後にわかって狼狽するというのが君の悲劇の根本ではなかったろうか。書いていた《［ママ］》て尽きないから失敬

二十日朝　　佐藤春夫

谷崎潤一郎様

谷崎→佐藤　6月21日夜

○僕がおせいに物をを《（ママ）》云うのと、君がお千代に云うのとは同一でない。お千代は僕の妻だ、おせいは誰の妻でもない、おせいには僕は道徳的責任がある、君はお千代に責任感を以てあの手紙を書いた訳じゃなかろう。君はお千代に、特にああ云う手紙を書くのを遠慮すべき責任がある。君の責任と云えばそれだけだ。今更君がドノ面さげて責任などと云えもしま

いが。

○僕に不愉快を与えることが悉く不正ではない。ソンナ理窟は顧みて他を云うものだ。しかし、未だに君が僕を友人として取り扱う以上、その友人の妻たる人を思っていること、並びに今後もその人との通信を継続して、いつまでもそれを忘れまいとすることを、而《しか》も僕に無断で、僕の妻に云って来ることが、不正でなくて何だと云うのだ。お千代もあの手紙が尋常でないことを認めて居る。僕との友情を思うなら、忘れるように努めるのが当り前だ。或は忘れたいが、まだ忘れられないと云うことを僕に打ち明けて了解を求めるならいい。ところがアンナ手紙をよこして、僕が怒ると喰ってかかるとはアマリな話だ。成る程君がゴマカシの和解を欲する意味も分ったような気がした。僕は君の自由を縛りはしない、君の自由意志で、僕を友人と思うなら、遠慮すべきことは遠慮したがいいと云うのだ。

○「相手の男に多少の疑問は感ぜられるにしても」と云うが、僕はその相手の男を問題にしているんだ。相手の君のやり方を憎んでいるんだ。お千代に対して何も云ってるのじゃない。お千代はお千代の自由意志で返事を書かないだけのことだ。僕が干渉したと思うのは、気の毒だが君のヒガミだ。君はヒガミをもとにして長々と貞操論を書いてたりしてるんだ。僕の怒りは嫉妬ではない。相手の男の陋劣を怒るのだ。そしてそれを責めるのだ。お千代に何をしてならないと云うのじゃない。無論番人などつけて置かない。たとえ旅行中に、妙な男がコソコソ出入りしても、その男の卑しさをこそ思え、妻に対する信用は傷けられない。だから君の貞操論などは余計ものだ、ソンナ事は百も承知だ。しかしソレをいい事にしてズウズウしさを発揮する男があるとすれば、その男を卑しむのは当り前だ。少くともその男の発明にかかる貞操論などを聞くのは滑稽だ。

○近いうちに僕とお千代に会うことを承知で、而も三日も考えてあの手紙を書いたとすれば、君は単純な動機からでなく、一流の陋劣な魂胆があって、アンナ真似をしたかと思われる。ちょっと瀬ぶみをしたのかと思われる。そして僕がウマウマその手に引っかかって、瀬ぶみをされたのだと思う。そうだとすれば唾棄すべき根性の人だ。

○コンナ事を書く僕は冷静でないかも知れない。しかしこの場合人間として冷静でないのが本当だ。理性々々と云うが感情も人間のものだ、僕は君のように感情を偽わるのはイヤだ。

理性で、いろいろ細かく利害を打算して、無理に感情をその方へ引っ張って行って、我から卑屈になって見せたり、哀れッぽく持ちかけて見せたり、腹に一物ありながら洒々落々として見せたり、高揚して見せたり、機に応じ変に臨んで体をカワサレるのは御免だ。僕の怒リッぽいのを承知で、自分はどこまでも卑屈に出て、妙に怒らせるようにして、結局僕に腹立たせる。そして自分を哀れっぽく、虐げられた人として見せかける。イヨイヨ自分が負けそうになると、今度は友情を担ぎ出して、顔を洗って出直して来る。僕は散々その手に引っかかんだ。

しかし僕は約束したのだから、君に会わないとは云わない。だが会うなら東京で会うとしよう。これはお千代と相談の結果だ。僕の自由意志で、お千代の承諾を得てこの手紙を出すのだ。
○だが又しかし、一応君の返事を得てから、――つまりこうなっても猶僕と会う意志があるかどうかを聞いた上で、――その事はきめるとしよう。僕はこうなっても、君に会う最初の目的に変りはない。イカに冷静を失して居ても、君の説明に道理があれば、或は道理がないことを君が認めれば、ソレで僕の感情は静まる。或は一遍会って見て、君の言葉をきいて、よく考えた上で、又会うなり絶交するなりしてもいい。尤《もっと》も、君の言うことが、要するに今度の手紙以上に出ないものとすれば、そうしてその非を悟らないとすれば、もう会う必要はない。ムダなことだ。僕は君を臣下扱いにした覚えはないが、君がソンナ気がするなら、絶交するがいい。臣下扱いにされてまで友達でいる必要はない。
○では返事をまつ。イヤに冷静ぶらないで何でもドンドン書いて来たまえ。腹の中のキタナイ所など隠さないで、ムキ出してにして［ママ］来たまえ。隠し終せるものならいいが。
○僕は今日まで箱根へ行って居て、今帰って来て、君の手紙を見るや否や、三十分でこれを書いた、それだけ本当の事だ。僕はもう、ウッカリ手紙ででも君の哀れッぽい句調につり込まれるのはコリゴリだ。哀れとか孤独とか云うものは、人に押し売りすべきじゃない、押し売りすればニセ物だ。自分の孤独をジット堪えて人を憐むのが本当だ。僕は君の孤独呼ばわりを割引して考えずには居られない。では、失敬、

六月廿二日夜

谷崎潤一郎

佐藤君

谷崎→佐藤　6月23日

まだ云い足りない事があるから書くことにする。

○君には始めから僕との友情は眼中にないのだ、お千代があるからの僕で、僕と云うものを本当に理解しようと云う誠意がない。だから、此方の様子を見て、お千代に会えなかったり、手紙のやり取りも出来なかったりするなら、僕と附き合っても仕様がないと云う風に思ってるようだ。

○君はイッゾヤ、養生館からやって来て、今まで僕の友人たる資格がなかったことを自認し、僕にあやまったではないか。僕はたしかに君に謝罪させた筈だ。然るに昨今の君は、モウそんな事はケロリと忘れてしまったのかね、それともあの時詫ったのは、矢張り卑屈な魂

胆でもあったのかね、
○僕が君に会いたいのは、アマリ君と僕との心が違い過ぎるのが不思議だから、会って見てソレを明かにしたくもあるのだ。君を理解して見たいのだ。ソレは君の弁明を直ちに正面に受け取ると云う意味でなく、その弁明を聞いて［た］上で、僕の知慧に訴えて判断して見たいのだ。絶交するにしても、君と云うものをツキトメてからにしたいのだ。ツキトメた結果、感情が釈然とすれば猶喜ばしい事であるのは無論だ。
○会えば喧嘩もするか知れない、しかし喧嘩を恐れては真の和解も絶交も出来はしない。君は、僕を怒らしたらお千代に会えるの会えないの、お千代に会えなければ僕に会わないで、感情の鎮まるのを待とうのと、ソンナ利害の打算を離れて、先ず僕と云うものを理解する気になり玉え、そして、僕を主たる目的にして、僕を理解するしないが先決問題だと思い給へ、
○君は、君自身も認めた如く、友情のあるような顔してその実なかった人。外に理由があ［つ］て僕と附き合っていた人だ。今にして思えば、抑《そもそ》も君と僕とが交際し出した第一歩の際にも、君は僕を頼りに文壇に出たいと云う動機があったと思われる。無論僕は、僕の力で君を文壇に出したとは云わない。たが君にはその腹があったのだ、あの時分、君がどんなに僕にお世辞を使ったか、そして後になってポツポツ悪く云い出したか、君自身で考えて見給え。

○だから、全体今までがゴマカシだったのだ。しかしゴマカシでも済んでいた間はいいが、もうこれからは、君と僕との間に限り、ゴマカシは許せなくなったのだ。附き合うとすれば本当の附き合いでなければ駄目だ。

○以上の事をよく考えて見玉え。

六月廿三日朝

谷崎

佐藤君

僕はこの手紙を、君に恥をかかせるつもりで書いた、君がこれを呼(読)んで、良心に顧みて、私《ひそ》かに顔を赧《あか》くすることを望んでいる。

◆その後、佐藤は花柳界の女性と結婚。交流が絶えた二人は互いに一連の騒動を作品化して対抗した。だが、佐藤は年下の女性との恋愛を経験すると谷崎の気持ちに理解を示すようになる。そこで佐藤が谷崎に和解を申し入れ、関係は修復した。その後、谷崎が千代を離縁して別の男に譲る計画を知ると、妻と離婚していた佐藤は千代との結婚を希望。これを谷崎と千代が受け入れ、佐藤と千代は結婚した。

表記について

旧仮名づかいは、新仮名づかいに改めました。

旧字体は、原則として新字体に改めました。

漢字表記の代名詞・副詞・接続詞のうち、以下の語は読みやすさを考慮して平仮名に改めました。

之・是・此れ（此）→これ
此の（此）・斯の（斯）→この
迄→まで
斯く→かく
斯う→こう
抔→など
呉れ→くれ

丈・丈け→だけ
茲→ここ
儘→まま

誤字と思われる箇所には［ママ］［(正しいと思われる漢字)］とルビをふっています。また、出典の全集で採用されている新表記も参考にしています。

読みやすさを考慮して、一部の漢字にルビをふっています。

判読困難な文字は（〇）と記しています。


なお、本作品中には、今日の人権意識に照らして不当、不適切と思われる語句や表現がありますが、作品の時代背景と文学的価値とを考慮し、そのままとしました。

出典一覧

太宰治の章

「川端康成へ」太宰治著 『太宰治全集』11巻 筑摩書房（1999）
「悶悶日記」太宰治著 『太宰治全集』11巻 筑摩書房（1999）
「無題」太宰治著 『太宰治全集』11巻 筑摩書房（1999）
「太宰治の愚痴」引用元・参考
24、25、26ページ『太宰治との七年間』堤重久著 筑摩書房（1969）
27ページ『回想 太宰治（新装版）』野原一夫著 新潮社（1998）
28、29ページ『人間 太宰治』山岸外史著 筑摩書房（1980）

中原中也の章

「からむ中也」引用元・参考
34、35、37ページ「小説 太宰治」檀一雄著 『檀一雄全集』7巻 沖積舎（1977）
36ページ「酒のあとさき」坂口安吾著 『坂口安吾全集』5巻 筑摩書房（1998）

38ページ「ある歳末の記憶」高森文夫著『詩学』12月号（1969）
39ページ「高級な友情」野々上慶一著　講談社文芸文庫（2008）
40ページ「中也に始めて会った日のこと」諸井三郎著『ユリイカ』第2巻第10号（1970）
41ページ「中原中也と音楽」内海誓一郎著『群像』2月号（1989）
「中原中也の日記」『中原中也全集』4巻　角川書店（1979）
／『新編 中原中也全集』5巻　角川書店（2003）

無頼派×志賀直哉の章

「現代小説を語る」『坂口安吾全集』17巻　筑摩書房（1999）
「可能性の文学」織田作之助著『織田作之助全集』8巻　講談社（1970）
「如是我聞」太宰治著『太宰治全集』11巻　筑摩書房（1999）
「不良少年とキリスト」坂口安吾著『坂口安吾全集』6巻　筑摩書房（1998）

夏目漱石の章

「漱石の日記」『漱石全集』23巻　岩波書店（1996）

「漱石の愚痴」引用元・参考

『漱石の思ひ出』夏目鏡子述・松岡譲筆録　岩波書店（2016）

「夏目先生」芥川龍之介著　『芥川龍之介全集』14巻（1996）

菊池寛×文藝時代の章

「文壇諸家価値調査表」『文藝春秋』大正13年11月号

「文藝春秋の無礼」今東光著　『新潮』大正13年12月号

「小人邪推」菊池寛著　『新潮』大正14年1月号

「ユダの揚言」今東光著　『新潮』大正14年2月号

永井荷風×菊池寛の章

「文芸当座帳」菊池寛著　『文藝春秋』大正13年3月号

「断腸亭日乗」『荷風全集』21〜26巻　岩波書店（1993〜1996）

／『断腸亭日乗（新版）』2〜7巻　岩波書店（2001〜2002）

宮武外骨の章

『宮武外骨此中にあり—雑誌集成』ゆまに書房（1993〜1995）

「文壇ズボラ競」スコブル6号（大正6年4月発行）

「現代文士種族別一覧表」スコブル10号（大正6年8月発行）

「当世蚊士の死活を司る人」スコブル10号（大正6年8月発行）

「文壇成金調」スコブル11月号（大正6年9月発行）

「原稿料を当てにせぬ文士」スコブル15号（大正7年1月発行）

「粕谷聖人徳富蘆花の面皮を剥ぐ」スコブル21号（大正7年7月発行）

「短冊売歌人の子孫武者小路実篤」スコブル23号（大正7年9月発行）

谷崎潤一郎×佐藤春夫の章

「谷崎潤一郎と佐藤春夫の書簡集」『定本佐藤春夫全集』36巻　臨川書店（2001）

主要参考文献

『太宰治全集』筑摩書房（1998〜1999）
『坂口安吾全集』筑摩書房（1999〜2012）
『檀一雄全集』7巻（無頼派のエピソード）沖積舎（1992）
『漱石全集（新版）』別巻（漱石現行録）岩波書店（1996）
『文士風狂録』大川渉著　筑摩書房（2005）
『肉声　太宰治』山口智司著　彩図社
『年表作家読本　中原中也』青木健 編著　河出書房新社（1993）
『大岡昇平全集』10巻　中央公論社（1974）
『評伝　中原中也』吉田凞生著　講談社現代文庫（1996）
『「別冊太陽」中原中也　魂の詩人』佐々木幹郎監修　平凡社（2007）
「独影自命」川端康成著　『川端康成全集』33巻（1982）
『下谷叢話』永井荷風著　岩波文庫（2000）
『宮武外骨伝』吉野孝雄著、河出文庫（2012）

『佐藤春夫読本』辻本雄一監修・河野龍成編著　勉強誠出版（2015）
『志賀直哉』上下　阿川弘之著　新潮文庫（1997）
『芥川賞物語』川口則弘著　バジリコ（2013）
『文豪たちの友情』石井千湖著　立東舎（2018）

文豪たちの悪口本

2019年　6月21日　第1刷
2019年　7月26日　第4刷

編　者　彩図社文芸部

発行人　山田有司

発行所　株式会社彩図社
東京都豊島区南大塚 3-24-4
ＭＴビル〒 170-0005
TEL：03-5985-8213　FAX：03-5985-8224

印刷所　シナノ印刷株式会社

URL：http://www.saiz.co.jp
Twitter：https://twitter.com/saiz_sha

ISBN978-4-8013-0372-0 C0095